·Vier Äpfel

四个苹果

〔德〕大卫·瓦格纳 著

叶澜 译

人民文学出版社

著作权合同登记号　图字 01—2016—0178

David Wagner
VIER ÄPFEL
Copyright © 2009 by Rowohlt Verlag GmbH, Reinbek bei Hamburg, Germany
Chinese language edition arranged through HERCULES Business & Culture GmbH, Germany.

图书在版编目(CIP)数据

四个苹果/(德)大卫·瓦格纳著;叶澜译.—北京:人民文学出版社,2020
ISBN 978-7-02-015962-8

Ⅰ.①四… Ⅱ.①大…②叶… Ⅲ.①长篇小说—德国—现代 Ⅳ.①I516.45

中国版本图书馆 CIP 数据核字(2020)第 008837 号

责任编辑	欧阳韬
装帧设计	黄云香
责任印制	徐　冉

出版发行　人民文学出版社
社　　址　北京市朝内大街 166 号
邮政编码　100705
网　　址　http://www.rw-cn.com

| 印　刷 | 三河市中晟雅豪印务有限公司 |
| 经　销 | 全国新华书店等 |

字　数　134 千字
开　本　850 毫米×1168 毫米　1/32
印　张　7.875　插页 1
印　数　1—5000
版　次　2020 年 5 月北京第 1 版
印　次　2020 年 5 月第 1 次印刷
书　号　978-7-02-015962-8
定　价　52.00 元

如有印装质量问题,请与本社图书销售中心调换。电话:010-65233595

我生命中最美的一天
是一个星期四
停在大街上超市前的停车场

——土谷川尼克乐队

文学的新空间(译序)

继2014年小说《生命》在中国翻译出版并于当年获邹韬奋年度外国小说奖之后,在人民文学出版社的鼓励下,大卫·瓦格纳与我共同选定将这部小说献给中国读者,虽然此书首次出版是在《生命》之前,距今已十年之久,然而,在如今译成之时,看书中面目,竟愈加亲近熟识。

相比较大多数小说家对人物创作的执着,瓦格纳对场景的选择颇具匠心。《生命》的场景是医院,撼人的力量产生于生死之间,这次他选择了超市,这个普通人的日常去处,魅力何在?生活场景与文学的关联,超市也许最不令人关注,咖啡馆、电影院、机场,都更具文学的基因,让人有所期待。瓦格纳的这一次选择,让超市不仅成为舞台,甚至还成为角色。当读至末尾"推开超市的玻璃门,走到户外",当街道上的阳光,重又照我如路人,那一刻的心情,却似电影院散场的恍惚,一部商情纪录片、言情片、科幻片？梦幻工场？时间机器？魂与魄同样有了游走的感觉。不再纠结《生命》的生生死死，没有躯体的痛苦与灵魂的沉重，逛超市的体验也会是生命的体验，阅读的愉悦终究还是要触及灵魂。

超市体验之一　纪实的场合

从超市的入口到超市的出口，"我"在这个有限区间，看到的是商场里的货物，陈列着的和没有陈列着的。这里发生的一切，极具古典戏剧色彩，却不似古典戏剧那样讲一个故事，似乎也无意去讲故事，从购物车的发明、到某个连锁超市的创建甚至鱼条、菠菜的包装，都是实录。手里推着购物车，足迹的前移是线性的，顺着"我"的视线所及，对商品排列序列、品牌作解释，此时的"我"，是悠闲逛店的顾客，关心着商品。这种移步换景的叙事方式，勾画平凡的日常外形，恰似一幅市井画。这个框架承载的似乎只是作者对商场场景的专心。而对商品背景知识作注，使一般人熟视无睹的商品有了知识厚度，此时的"我"，是理性的学者，区别于一个只在乎商品价格、商品表面特性的顾客，诸如：

我的购物车型号是EL240。它27公斤重，110厘米长，60厘米宽，有四个直径12.5厘米的万向轮，容积238升。如果放袋装牛奶，能装238袋。

有经济学教授因此把这本小说放上了大学市场经济的课堂,因为它提供了教科书般的案例。

我从一个商店装修商的业务目录上得知,一个货架子的齐眉之处,叫船头,属于一个超市最畅销的售货区。厂商要提供特殊条件和赠品,才能够在这个位置陈列他们的商品。

甚至还有消费心理的体察——

我买我知道的、看中的和一直买过的名牌,我买这些比买那些没有名字的更开心。

超市体验之二　理性的觉悟

我一定要买什么吗?环保意识已经深深夺入我心,我知道,正确的生活方式是较少产生垃圾,或者最好就根本不产生垃圾。环境保护意识,如L所说,是我们的一种新宗教,由此,可以很容易统一起几乎所有的人,甚至是不同的人。就是这么简单:毫无顾忌地摧毁环境是可恶的,对鸟类、蝴蝶、蟾蜍、鲸鱼和枪鱼的保护措施是好的,保护动物和环境的做法顺应我们的未来。可在这儿,在超市我总处于道德的冲突中。[1]

> 1　有这样的单子,每个人都可以查看,比如说,每杯咖啡释放多少二氧化碳,50到100克,与咖啡产地和热水加热方式有关,……其实也许已经没有人能够问心无愧地呼吸了,因为大家知道呼出的每一口气都在释放二氧化碳,每天差不多一公斤。

这是小说要做的事吗?但这似乎足够让人喜欢,一些逛街的太太们如此写着读后感: 天天逛超市,原来没有觉得这么有趣,不知道还会有这么多有意义的知识。一个作家环保主义与世界主义意识是会在小说中增加许多现代文明色彩的,平凡的物质世界也因此有了人文的绚丽亮色。

我网店边缘那小小的购物车却知道一切,它记得我订过的每一本书,电动牙刷和羽绒枕头。给我的感觉是,好像有人准确知道我要什么,我还会对什么感兴趣,给我资讯,也告诉我别人对我了解多少。别人知道,我多大年纪,我住在哪儿,我大概挣多少,透过我名字和住址能分析出我大概是什么样的教育程度,也许还会知道,我是否喜欢吃袋装土豆泥、鱼条,还是其他的冰冻鱼,或者我是否买冷冻的食物,分装的奶酪或是喜欢吃哪种酸奶,我每天读书几分钟,还有坐在电脑前多长时间,是否在担心养老问题,我是否在期待一个好的床垫,我多久开一次洗衣机,是否用柔顺剂等等。

熟悉于现代网购的人们,不会没有同感,但会有同样的忧虑吗?

可当你读到下面这段文字,还会认为这仅仅是记录和考证吗?

有一回,L跟我说起大西洋胸棘鲷,以前当其他食用鱼还足够的时候,只是偶尔顺便被扔到船上,而现在为了供应市场,换了个名,叫恺撒鲈鱼,人们在新西兰沿岸和南美的深海大举捕捞它。它可以活到一百五十年,而今,有不少成了人们的盘中餐。在第一次世界大战前就有的鱼子,比食客的外婆、太外婆还要老了。这事儿,L对我说,不久就会完结了,因为恺撒鲈鱼在深海里也藏不住了,在可预见的时间里也不会有了,正如星鲨那样,人们熏了它,当熏鲨鱼干卖。

以色列人类学者哈拉里认为,人类先是把地球大地上的很多动物吃光了,包括那些原始的巨兽们,好在有些动物深藏于海底,能够逃避人类的捕杀。可如今人类有了先进的科技和工具,还是能把那躲在深海的动物打捞出来吃了。未来还将如何?瓦格纳写作时一定还不认识哈拉里,哈拉里也远没有流行于中国,思想者的担忧却早已有交集。

超市体验之三　追忆的旧情

相比较,有一种浪漫,作者表现得不动声色,若隐若现的L,点石成金。

　　我曾梦想着,我的一辆购物车和另一辆购物车相撞,那里面放的食品竟跟我的一模一样。同一种奶油,同一种橙汁,同一个品牌的矿泉水,还有几样相同的东西。这样的梦,我做过好几回了,那样的一辆车自然是由一个令人激动的美丽女子推着,我根本无法不立刻爱上她,而她也同样如此,我们俩瞬间明白,我们彼此注定,但我们似乎还要防止共同命运的发生,我们同时向同一侧躲让,先是互相堵在左侧,然后是右侧,于是我们都稍稍迟疑了一下,我们或许是站在一面镜子前面?——不,我们是两个独立的个体,只是从现在开始也许就只需要一辆购物车了。

L,"我"的生活中一段挥之不去的恋情,随意间想起L的话,杂志封面幻化出L的笑,不能忘怀的情感,时隐时现,无所不在,在整个过程中,"我"情不自禁的叙说,是摆脱她影子的努力,却同时证实着她的存在,愈盖弥彰。

这是条看似不经意的虚线,刻出的却是一个"大坑",自己陷进去,又把读者带进去了:回想着与L的相遇,街角的文具店,偶然的遇见,却有命中的注定,想着:"如果不是这样,没有在那一刻走进这个店,没有遇到L,生命又会是什么样子?"生命拥有各种可能性,但永远如水东流无法回溯,只是往前,任何一块石头,都可能改变水流的方向,任何一个偶然,都可能改变生活的轨迹。哪一种爱是必然的呢？既然不是必然,又从何而来的"唯一"？美丽的誓言出于爱情,爱情却不会听凭誓言。如同爱情发生的偶然一样,消失一样不可阻挡。作者是无奈的失恋者,叙述一个过往的美丽,而在寻常的失恋故事之上,流露着思考的智慧,这智慧是冷静的,冷静甚至延伸到对L的看法,并没有美化为情人眼里的西施。L是一个有不少瑕疵的独立女人,德国这样的女性不少,受过不错的教育,有不错的知识背景、品位和公德心,可她说走就走,义无反顾,倒是怀念L时的"我"成了善感的情人,顾盼之间献给了读者想看的爱情故事,如恋歌,一段逝去的失败的男女之情,它缥缈,却又这么现实、可信、可感、可追忆,这样的故事不会缺乏共鸣。

我在想,如果那样多好啊:我现在就站在一个摊子前,能买到从前的味道和度假的香味,普罗旺斯的夏日,苏尔特岛的海盐风,阿尔卑斯山坡的草地,外婆的味道,初中体育课后教室的气息,土豆地窖的霉味,婴儿的奶嗅和青春期第一个男/女朋友的味儿。我很后悔,我没有了那些有L气味的东西,她的香气散发掉了。

袁宏道的山上之色、水中之味、花中之光、女中之态,一样的可遇不可求的遇见,不可言说的言说。

至此,一本略带惆怅的爱情小说,已经可以令人满足。但如果仅仅如此,也许我们可以在上火车前拿起,打发漫长旅途的寂寥,而下车就可以放下,走入川流不息的街市,随即将故事相忘于旅途。但作者没有将这一段情止于"我"的回忆,更像是要让它置于滚滚红尘,让人在繁复的人间众相中偶见它的沉浮,作家有精彩得多的画面要展示给你。

超市体验之四　臆想的前景

另一类穿越时空的神游,看似传统小说思维中的蒙太奇穿插,实现了真实与狂逆的无缝衔接,透出后印象主义的不同视点,它脱离写实的基调,反转为先锋文学的狂舞。洞见人性的式微和未来物质主义的无奈,作者在超市里看到的又会是什么?

这一个个小水族馆式的格子里,人的身体在里面游动。小小的透明软管连接着他们的鼻孔,显然他们的身体躺在胶状物里。此地,商品说明牌表明,我可以就在这里找一个新的伴侣,这儿营养盆里悬浮着未来的伴侣,等待着来做你的朋友、配偶或情人。他们穿着白色的腈纶紧身内衣,眼睛是闭着的；气泡时不时地从嘴角冒上来，男人码放在女人边上，每一个都有各自的格子——我不禁想到了餐厅的水族箱，在那儿，客人们可以挑选鱼，同样还可以看到这条鱼最后游泳的样子。另一块牌子还指示说，这里展示的一些可以购买的身体，完全是赤裸的、空的，没有记忆，但也可以有别的一些选择，我继续读下去，产品说明显示，可以让他们拥有与你共同的过去，安装进共同度假的记忆，另外，还可以获得一些诸如共同记忆的照片，我在想，就像我和我女朋友在巴黎的迪士尼乐园、在威尼斯、在拉斯维加斯等地的照片。粘在每个格子上的产品具体说明可以帮助你作出选择：喜欢运动，乐于助人，对文化感兴趣，善于烹饪，会外语，有漂亮粗壮的阴茎。

作者自由的灵魂，在超市里游荡，在商品、货架与哲学中穿越。

在这个商店，婴儿被封好，像鸭子和鹅那样冻成白色，放在窄窄的敞开的冷柜里；对那些嫌养婴儿麻烦的人，也有二到四岁稍大一点的孩子出售。

超市可以出售配偶、情人、婴儿，不仅可以满足各种需求，还可以挑选有各种记忆烙印的。虚无荒诞却是真实人性的折射，欲望无止境的人性正以科学的名义，将一切成为资本，一切成为商品，进步的一切手段，不是增加对人的情感、人性本源的追溯，反而是更加物化甚至商品化，瓦格纳不动声色，极致点化，令人不寒而栗。这癔症般突然放飞的不着边际的思绪，有着一种逃不脱的逻辑，人类继续走下去，终究会是这样的结局。

超市体验之五　非场所的理由

瓦格纳的小说理想在一个市井超市中得以实现，把超市布置成为舞台，一个布景讲究的舞台，一个动感灵性的舞台，在商品堆里，让人感触着社会生活乃至生命的脉搏，超市和商品陈列架成了道具，也同时成为主角——作者的理由是：

超市是一个货物和品牌的博物馆，它们保持着最贴近时代的展览空间。一个艺术家只要把所有的东西套上一层薄薄的蜡层，然后就等着，直到超市周围生长出一堵高高的、穿不过的荆棘树篱笆墙，那么在二十年后就会出现有关过去了的这个时代的蜡铸，这儿横竖放着的是我们生活使用和赖以生存的一切。更有意思的当然是，如果一个超市能像庞贝城那样被火山爆发时的火山灰埋葬，两千年之后又被挖掘出来，未来的考古学家会很激动，因为可以预见，不久就根本没有超市了。不久我要的一切都从家里或办公室订，——正如我在晚会上碰到的那个男人所做的，我之所以记得他,就是因为他信誓旦旦地说,他已经三年没进任何超市了,他在网上订购所有的东西,只有在紧迫的时候,他才会到那些越南人开的全时制店或加油站去救救急。

超市自上世纪出现,就是现代经济学关注的重点,而作为社会学观察的日常生活,由于列斐伏尔、米歇尔·德塞尔托、海默尔等文化学家不同以往的角度的切入,成为后现代文化社会学剖析社会的重要对象和路径。而文学家的眼光又会在这里找寻什么?一个公共的场合,有所有人生活所需,商品作为静态的陈列,是当下生活的瞬间凝固,是从科技到生活方式的最准确的定格,也许我们热衷于从考古发现中穿透历史,描述社会,把判断力放在显微镜下,而当眼下商品毫无掩饰地展示在面前的时候,我们却是会像忘记健康一样忘记审美,对世界缺乏鉴赏力的。瓦格纳把这样的定格设为舞台,让所有的商品有了时代和历史的表现力,成为信息承载、情感承载、道义承载,这自有他的信念所在。

这信念来自于作者热衷的"空间非场所"的理念。在以往的论作中,作者对法国人类学家马克·奥吉(Marc Auge)的空间非场所理论(non-lieux, non-places, Nicht-Orte)曾有多次阐释。奥吉的关注点在于从传统的人类学研究对象村庄类的居住场所转到了人类暂时驻足的公共空间,如机场、车站、公园、超市、咖啡馆之类非长久安居之地。传统场所的意义在于身份认同感、与人的联系性、历史性，而非场所人们不在意个人身份，也没有共同记忆，不构成固定社会关联，人们只是一种契约式的暂时关联。在这样的环境中，人的命运、行动和思想发生变化，也可能发生联系。对这样非场所空间里的人类行为观察所得到的故事形象、引发的哲学思考恰是当代文学所承担的道义。故事的发生地不再是一个封闭的环境，人们不再从一个有特殊性的个体环境里找典型环境典型人物，公众空间成为有意义的气场，陌生的、互不交集的人物和真实的、虚幻的形象，都有了上场的可能，在这样的临时场合，个体身份忽略，人自由而孤独，恰是文学视角的切入点，作者创作的自由度很大，读者感受的认同感也因着自身经验的参与，变得更强，这不能不说是对传统文学环境的颠覆。当代生活的日益开放，这种"非场所"作用也在增强。在这个意义上，对超市这个非场所的选择，是作者对社会现代感的把握。某年某月某天某人发生的某事，是在非场所，构成的是"非关系"，传统的场所特征消散，故事特征也消散。至此，后现代的非场所意义出现，虚幻的结构性意义也同时强大。

　　非场所的强烈的非个性化特质，瓦格纳创建了个性化的文学场所。

超市体验之六　哲学的担当

　　超市人物众生相,可以是经验主义的理解,是考证式的知识注脚,是写实的陈述,令人有新知的拓展、体验与愉悦。视角的多重,才是成就小说创造性的文学意义。复杂的叙事结构,从叙述学角度说,叙述分层作用各异,超市是元故事层面,在这一层次中,我们可以用现实的文本去验证小说的构建,一种亲切的现实感吸引着读者;叙述者回忆L的故事是浪漫的,小说诉说过往的故事,追忆似水流年,读者情绪受感染;而当视线所及飞扬出去的荒诞,却引领读者到了另一层,成就了小说跨越的意义;虚幻与现实文本突如其来的衔接,叙事层面的任意跨界,体现文学本能与特质,揭示的却是人性变化的永恒意义,甚至还就是人性失落的意义。臆想的层面是先锋派出色的点睛,隐喻拓展了认知的价值,承担了哲学道义:这之间的穿越,如时间机器中所说的"这是人类必须承担的风险之一"? 结局如何评说?

　　米兰·昆德拉曾说小说家的三个基本本能:讲述一个故事;描写一个故事;思考一个故事。《四个苹果》没有讲述故事的完整起始终结,如同超市陈列的商品,任人挑选。它的丰富,是写实,也是荒诞,情爱的体验、诗化的情致、非理性的思考,在这里都散发出柔美的意韵。读者感受知识与狂想、哲理与诗意,在虚与实之间的商品，不仅是现实的陈列，也是诗意和哲学的承载。

超市体验之七　苹果的问题

有意思的是此书完成于十年前，作者对很多技术的想象如今都已经变成了现实，未来小说的意义消失了，证实了预见的趋势，而可怕的是，还有一些预见会成现实吗？人体可以买卖，灵魂可以买卖，甚至可以编辑，基因编辑的婴儿若已诞生，这小说中的编辑人体又有什么不可能呢？那一天的到来，离人性本身越来越远了，还是越来越近了呢？技术的发展使人的生活便捷，也加剧了自身异化，这却是必然的。十年，很多已经变为现实的预言，得到了时空的印证，有幸仍未变为现实的预言，下一个十年呢？但愿历史长河中即便有石头改变河流的流向，而人性也不会流失。

从超市入口到出口，从日常回到日常，故事没有推进。若没有荒诞的延伸，"我"的纪实叙述是档案式的，这是德国许多作家对待真实的一种态度，这样的精神在瓦格纳这样的作家的叙述言语中获得传承。但从烟火气到异想天开，是一个作家游荡于超市的灵魂，一次美学散步，将日常重塑为艺术，他的话语消失在各层面间，没有一次开口的机会，却用视线和思绪从超市的入口开始，碾压着每一幅画印，拓出了现实与非现实交织的图景。

一个走走停停的超市顾客,一个恍恍惚惚的灵魂,走出超市,路上的阳光能让灵魂又回到体魄,成为一个路人甲。

超市依旧人来人往,商品依旧层出不穷,超市的体验仍有期待。无论亚当夏娃的神话苹果,牛顿的科学苹果,还是乔布斯的现实苹果,当你再走进超市,想起瓦格纳,想起这四个苹果,一定多注入了一个灵魂,苹果已不再是那个苹果。瓦格纳再次以平常语言于日常场景,成就了非常文章。

感谢出版社的眼光和信任,感谢责任编辑欧阳韬先生的辛苦付出,让瓦格纳再次走进中国读者的视野。

叶 澜

2019年11月于上海

1

很长时间里我就根本不愿意去超市。可今天我还是踏进了轻轻滑向一侧的移动门,随即就看到了左边收银台那个我最喜欢的收银员的背影。她金色的长波浪卷发让我一下就认出来了。我停下来,在裤袋里找到一个硬币来开启购物车,看着她怎样以独特的手势把装着奶酪或肉制品的塑料袋上的条形码划过收银台的扫描区。我穿过收银台前的过道,把一辆购物车从链条上解下来,拉出来,转向旋转门,把它推过由三道橘色塑料条组成的垂帘。这垂帘总让我想起它的远亲——彩色塑料条的防蝇帘。在沙滩小屋的防蝇帘外就是大海,而在这里,在超市,橘色的塑料条垂帘只是表明从这儿开始就是购物区了。我推了一下购物车,让它从栏杆下滑过去,窄窄的塑料条啪的一声向前带过去又晃回来,与此同时,我走过旋转门。在这一刻,在我踏进购物区,进入由苹果、梨、桃子、香蕉、黄瓜、胡萝卜、元椒和西红柿构成的巨大的照明良好的静物画前,总是有那么一瞬间感到自己被抓住了一般。[1]

> 1 一些超市不久前开始拆除这类旋转门。有时会有一个保安穿着带有"保安"字样的T恤衫,在那里溜达,尤其是晚间开门时间延长到零点的那些超市。保安有时也常常戴顶帽子,要么是一顶印有"保安"字样的棒球帽,要么是列车员、火车司机,甚或警察也戴的那种制式帽。

2

在水果摊前,我从垂直放置的转动卷筒上扯下一只塑料拎袋,在所有优惠苹果种类里找相对少一点儿人工痕迹的苹果。我当然要注意,种植者,如今叫作产品设计者,早就研发了一种苹果,看起来像是刚刚从果园采摘下来,可事实上已经在船舱里或在一个温控环境里储存几个星期而养分大减了。种植者可能已经把不标准的、有小小瑕疵的、美中不足的苹果培植成了完美无瑕的品种,让我拿在手里的苹果看上去就是十全十美的。我选择意大利南蒂罗尔地区的,因为它们比智利或新西兰少走了几千公里的路途,我选了四个好看却又不过于完美的苹果,一个一个放进塑料袋里,它们簌簌作响,像是树上的叶子,这些苹果可能就长在那树上,就曾簌簌作响过呢。当我把最后一个放进口袋的时候,我却根本不能肯定,这些苹果是不是真是在树上长的。也许,就像是白雪公主童话里的,是可恶的继母的玩意儿,多漂亮的苹果啊,吆喝着,供给了超市。

3

我提着苹果袋走向秤,把它放在秤盘上,按了苹果的标记。在所有果蔬秤的标记上都有图,这总让我联想到小人书上的插图或者是记忆游戏卡片。[1]我稍稍等了一会儿,等着从闪着灯的液晶打印机口吐出打印了记号的不干胶贴纸,我惊呆了。开始我还以为是个错误,可是不,绿色液晶显示的就是1000,四个苹果恰好是一千克。我小心翼翼地拉下贴纸,又仔细看了一遍,把它贴到苹果袋上,扣紧袋子,放在还是空空的购物车里。今天也许是特别的一天。

---

1 要找到一些果蔬的准确标记有时确实不太容易。为了帮助顾客,有些超市已经有了一些器具,甚至通过一个乳色的塑料袋也能辨认所选商品。与秤连成一体的摄像头从上方对着秤面,录下放

在秤面上的商品，一套整体图像评估计算系统计算出，是水果蔬菜的哪个种类，最后提供给顾客两张至多三张图，顾客只要碰一下正确的按键。与那种老旧的、半生锈的秤不可同日而语，一些小城的商人在周末自由市场还在用它称东西，像我小时候那样；苹果、梨或是芦笋放在用旧了却依然亮亮的秤盘里，另一端是用旧了的铁砝码，带把儿的圆柱体，凸起的地方标着刻度，1或是1/2或是1/4。如果到这样的水果蔬菜摊买东西，店家用它来称东西，是论磅的，而不是论克或公斤，他拿着秤盘，把东西抖进深棕色的折叠纸袋，纸袋是用颇为结实的纸做的，他一下子就打开了，偶尔会有一个苹果、梅子或桃子从纸袋边掉出去，需要站在一旁的妻子帮忙。很早以前，在绿色产品出现之前，市场的东西就是好的至少不差，因为他们新鲜，就产自近郊。当然，几乎所有的东西——甜甜的深红色的大樱桃、生态苹果、生菜、红西芹、甘蓝、土豆——都来自于我们核电站视线范围内的田间。草莓地和果园前这片地方，称作樱桃区，意味着有很多交错的铁丝网、摄像头监控的篱笆和一排高高的水泥墙护着。耗费这么多钱修建这些东西，只是在当年两德之间的边界线有过。

4

我接着拿了两个没有被处理过的柠檬,不需要拿去称,它是论个卖的。我把它放在苹果旁边,晃悠着,把车推向土豆货架,土豆放在色拉后面的透明塑料框里。我猜想,终究只有那些近乎完美、重量为250克的苹果才能进入到超市里来。这里放着的是苹果精英,其他的,不太漂亮的烤进了半成品苹果蛋糕里,或者被压榨成了苹果原汁,或者苹果的命运结束在热热的苹果派里。土豆有散的,也有网袋装的,有有机的和非有机的,有一些还沾着土的,还有一些非常干净的,洗了,刷了,擦了,在公斤装的网袋里,看起来像是刚从海里捞上来,而不是从土里挖出来的。我无法决定。我真需要土豆吗?我今天一个都不买。[1]

1 我很少买土豆,我不知道,从来都不知道,我到底该买硬的还是面的土豆。我外婆几乎每天都做土豆吃,在她的地下室总有一两公担土豆堆着——这个单位量级现在对我来说听起来几近远古,——我们当时是指望它过冬的。如果午饭要吃土豆而我又在随叫随到的范围里,外婆就会叫我拿个盆到地下室去,从架子上的土豆堆里挑些出来。

5

我在天堂。我看到红的、黄的和绿的苹果，紫的、绿的和白的葡萄，芒果，无花果，甜瓜和橙子。我看见香蕉和有机香蕉，柠檬和未作处理的柠檬，有机黄瓜和完全普通的、可能洒了农药的黄瓜，我看到糖腌的、脱水的水果，切好的、放在泡沫塑料盒里用透明保鲜膜包好的菠萝，我看见便携式塑料碗里的水果色拉，冷藏的、鲜榨的果汁，我看到带奶酪或火鸡肉的色拉，里面附带着有时好撕开、有时不太好撕开的小包装酸酱汁，我看到油酥馅饼、肉汤、鳟鱼、龙虾、肘子、鹌鹑、野猪肉和奶酪圈，我在极乐世界，什么都有。这么多吃的，我一点儿也不饿，这么多喝的，我一点儿都不渴。

6

我的购物车型号是EL240。它27公斤重,110厘米长,60厘米宽,有四个直径12.5厘米的万向轮,容积238升。如果放袋装牛奶,能装238袋。[1]我推着车,也随之推着自己;到这里不是为了享受,而是为了购物,有那么一刻我想象着,好像是为了能让我记起,我曾经躺在童车里,这样被推着,就像我现在推着这购物车一样。也许这也只是老年的预感,预先感受某一天我不得不弯腰,撑在一辆助步车上。其实我或许根本不需要购物车。就我要买的这点东西,用个篮子就可以拿到收银台了。我也可以拿一个新的带伸缩杆与滑轮的篮子,像拉杆箱那样拉着,可我还是宁愿推一辆购物车,即使从没装满过,甚至连底都没铺满过。我曾梦想着,我的一辆购物车和另一辆购物车相撞,那里面放的食品竟跟我的一模一样。同一种奶油,同一种橙汁,同一个品牌的矿泉水,还有几样相同的东西。这样的梦,我做过好几回了,那样的一辆车自然是由一个令人激动的美丽女子推着,我根本无法不立刻爱上她,而她也同样如此,我们俩瞬间明白,我们彼此注定,但我们似乎还要防止共同命运的发生,我们同时向同一侧躲让,先是互相堵在左侧,然后是右侧,于是我们都稍稍迟疑了一下,我们或许是站在一面镜子前面?——不,我们是两个独立的个体,只是从现在开始也许就只需要一辆购物车了。梦消失了,其实,迄今为止,我还从未在超市认识过什么人。我碰到过熟人,也被介绍给熟人的同伴、男友或女友认识,但还没一个人是这样认识的。

1 1937年商人斯文高德曼在俄克拉何马城把几个轮子、一个金属篮固定在一个简单的折叠椅上,他的发明叫作购物车。第一个可以移动的型号C30是1952年生产的,从那时起购物车就大批生产了。

7

我走在与面点柜平行的过道上,注意到一个细细的果酱瓶,瓶外粘着一个甜品勺。我犹豫着,是不是该买这瓶果酱,买了它,我至少还可以额外得到这个勺子,可我不受引诱,推着我和车继续走,到冷藏柜前,冷藏柜长长的,敞开着口,上面,到处都是白色的氖光灯照着。玻璃边框被灯照得看起来像是白雪公主长长的棺材,我此前还从来没有注意过。里面有香肠披萨、夏威夷披萨、生火腿披萨、菠菜羊奶酪披萨和鸡肉披萨,还有四季披萨、明火炉披萨,两个装、三个装披萨。我数了五种不同厂家以及很多数不清的种类的方盒子,我突然意识到,这是巨大马赛克的一部分,我无法辨识,因为我站得太近了。我想,除了鸡肉披萨外,我已经尝遍了所有披萨。在L搬出去的最初几个星期里,我每天都去超市。我想,也许我甘愿自我惩罚,每天去买冰冻披萨。这样的日子差不多过了三周还是三个月,我记不清了,直到我好受些后,我才注意到,冰冻披萨根本不好吃。无论多么深情地撕开盒子,多么小心翼翼地去掉保护香味的透明薄膜,把披萨生坯推进预热了的烤箱,一个深度冷冻的披萨就是一个深度悲哀的产品,我没法不这么想。这一点我很清楚,有一次我看到一张照片,五个戴着淡蓝色塑胶手套和同样淡蓝色发套的女工,在工厂里,正在往已经涂好番茄酱的披萨生坯上放七片萨拉米香肠片。那照片上,香肠片肉色的圈圈,被她们摆成了萨拉米香肠花,像她们在幼儿园里画的花——一片在中间,六片像花瓣围摆在四周。我几乎有点同情这几个女工,我根本无法想象,她们这样每天往披萨生坯上放香肠片也许已历经多年。白雪公主的棺材里,放着悲哀的冷冻披萨,每到店打烊,还总得盖上一层,好像不这样,到了晚上,披萨就会挨冻似的。

8

  一个女人,走到摆放果酱的过道,她让我不由得想到了L,她弯下腰,把购物车推过我旁边,几乎到了角落。我从后面看着她,问自己,为什么L总还是一而再再而三地出现,像转世者与超市魂灵——她倒是以这样的方式解决问题的,她总在跟我说:打住,别再爱我了,我现在爱别人。尽管这已经过去一两年了,我一再地想着,兴许,随时随刻,L会推着一辆购物车,拐到角落。尽管她根本不进这个超市了。

9

此刻我正弯腰看速冻蛋糕,这些包装看起来总是那么诱人。有一回它让我想起,去买一个黑森林樱桃蛋糕,再订一份周日的下午咖啡,就像很久很久以前,在爷爷奶奶家,餐巾纸折成蝴蝶的样子,铺在考究的餐具和银制的蛋糕叉之间,瓷的咖啡壶,套着保温套,白色的花边桌布垫在杯子下面,桌上一个糖罐,里面放着银制的带花纹的搅拌勺,当然还有大大的、山一样的奶油,那是奶奶把它打好了之后,放在一个磨光水晶碗里的——一个无比遥远的周日午后。我只是在看到速冻蛋糕时才会想起从前,这些蛋糕我一点儿都不喜欢,因为这不是真的,而且只有化冻的味儿。但这也不该责怪速冻蛋糕,一个速冻蛋糕终究是一个速冻蛋糕,是不能和一个蛋糕店里的蛋糕或外婆按照祖传配方自己烤出来的蛋糕相提并论的。

10

在 L 还跟我说话的时候,她有一次让我注意,许多食品都以不同的形态平行存在着,蛋糕和速冻蛋糕只是个例子,还有面包房的面包和速冻面包,披萨和速冻披萨,罐头豆子和速冻豆子,几乎都已经忘了,干豆子烧之前得泡软,很不方便,我外婆总把它放在食品柜的大瓶子里。菠菜大多是以速冻状态出现的,也许仔细找,偶尔还能找到新鲜的菠菜叶,在蔬菜部的前面,干瘪瘪的,尽管如此,菠菜对我来说,是砖一样硬的、如长了白毛似的冰晶冻透了的绿色东西,要把它放在锅里慢慢地加热化开,变成流质。施宾耐特?斯宾诺莎?斯宾那特?"菠菜"这几个(发音接近的)词至今我听着都像是作为新近发展起来的基因技术的营养食品新发明,它们之间具体的关联没人知道。菠菜,一直被认为是非常健康的,它含有丰富的铁质。在这个绿色的东西里为什么会是铁,我看不出来,小时候,我猜想菠菜就不是蔬菜,它不是从园子里摘来的,而是从工厂生产出来的,所以总是速冻的,——到底从哪里来的,我也没想知道。它应该像科幻电影中索能特绿色营养合成剂一样,合成绿是人肉的颜色,几年之后,从同名电影里知道,硬硬的、绿色的,而且总是干干的,人类未来的主要营养食品由一个高度保密的工厂生产出来。菠菜——这个词,因有两个长元音听上去很怪异,是从波斯语里来的,而这植物也来自波斯——可能还更早,早于冰冻技术,它以另一种形态出现。我是从药店杂志大力水手漫画里知道,它原本是罐头里的,可我自己小时候几乎总是看到它和炸鱼条一起放在盘子里的。菠菜、炸鱼条再加土豆泥是一道儿童餐,两种冰冻的、一种袋装的东西拼在一起,撕三次包装盒,一次袋子——装着土豆泥的粉末——,把冰冻的化冻、加热、油炸、搅拌,炸鱼条在吃之前可能还要从塑料的柠檬瓶里洒出点柠檬汁。可能还有颜色发暗、部分已经变黑的面包粉掉在锅里了,好像是鱼,其实也已经根本看不出来是鱼了,脱离了挂了面包粉的鱼皮。入了口,有两种硬度,薄的、粗糙的,或坚硬或被油浸透而变软了的面包粉,这显然只是为了把鱼包藏起来,和鱼本身一样,开始还有棱角,之后组织也都散架了。我现在看到的鱼条包装,分别是5、10、13、和15块装的,[1]没有鱼鳞、没有鱼鳍、没有鱼尾,大多数情况,也没有鱼骨,闻不出一丁点儿鱼味儿,而且没有鱼眼,对我这样的孩子来说,吃起来容易些,有眼睛看着我的东西,我没法吃下去。[2]

那会儿,我就知道,炸鱼条在英国叫作鱼手指,因此我猜想我吃的是那些巨大的鱼刮平刨光的手指,不过,我后来在图画书上了解到,鱼是没有手指的,鱼条应该还是从其他地方来的。我想象,鱼条是在最远的北方收获的,我想鱼条是从冻成白色的如大块沼泽泥状的冰海里叉出来,裹上面糊糊做成的,于是,我夏天会在沙滩上等待,一个浪打来,兴许会冲上来一小块冰山,粘着一块鱼条,可冲上来的只有挤完了的防晒霜软管、在汹涌浪花冲击下磨得圆润的玻璃片和空了的洗衣粉桶,也从来没收到过藏宝图。

1 为什么会有13块炸鱼条的包装,对我来说,一直是个谜。这第13块是给在睡美人受洗中什么也没得到的第13个仙女的?盒子里放13块鱼条,可以有一块多出来,这样,爸爸就可以多吃一块?也许这第13块在锅里碎了?或者有一块在厨房炉子上就被吃了,尝尝是不是煎透了?另一方面,这13也是介于10与15之间的一个数。

2 一个叫查尔斯·伯德埃的男人发明了炸鱼条,他属于最早列入冰冻食品荣誉大厅的四人之一,这个博物馆我是一定要看的。我想象,它位于某处永恒的冰层之中。第一次世界大战后,伯德埃先生研制了工业冷冻盘,两层冷冻的液体流过金属盘,东西可以很快冻住。这种方式他是在因纽特人那儿看到的。他们的鱼是挂在零下40度的露天的。低温限制了大的冰晶块的形成,如果缓慢冰冻的话,冰冻物器官的细胞壁会被破坏的。

11

　　我已经冻坏了。在看上去并不太像条子而更像积木的鱼条旁边,还放着冻白了的鸡、鸭和波兰鹅。袋装的虾看上去就像是虫子,速冻蔬菜保存在绿色调的盒子里,应该是还不错,而深冻草莓的包装上闪着不同层次的红光。L有一次跟我说过,不过已是很久以前的事了,如果吻有颜色,那一定是覆盆子的颜色。她的意思是说,有草莓的吻,还有覆盆子的吻。我只能回应她说,她唇上的每个吻都多多少少有那么点儿不同,在森林里采摘到的野生覆盆子,也是这样的。我还追加了句,在嘴里的每个覆盆子都会化解此前的味道记忆,正像她的每个吻,让人把之前的吻都忘了。可是,吻,此刻我在想,无法冻住,这一点和覆盆子不一样。[1]

1 有时候,L买来深冻的覆盆子,用它做热莓子汁,浇在香草冰激凌上,做的时候时常会从盒子里掉出些碎渣渣来,像是粘在一起的小球,让人联想到学生时代化学实验室架子上堆在一起的那些积了灰的分子组合模型。

12

袋子里四个苹果和两个柠檬在购物车里滚来滚去,令我想到外婆家贮藏在地库里的那些苹果,房间里有很多架子,苹果放在上面的板上,一个归一个,等着加工。——不能相互碰到,否则,虫子可以一个顺着一个爬过去。苹果能储存整个冬天,到最后,复活节前,只有那些最小的、越来越干瘪的样品还摆在苹果架子上,因为外婆总是让我到地下室去,从苹果架上取五六个大苹果上来,做苹果蛋饼、苹果蛋糕或者带肉桂的苹果糊。新鲜煮好的果糊总是放在窗台上凉着,两个玻璃碗并排摆着。配果糊的一般总是土豆饼,松松脆脆,在葵花子油里炸出来的热土豆糊饼,我外婆当然不会用那些预先成型的、预炸过的盒装冰冻土豆糊饼,她都是用自己新鲜刨皮的土豆做的。吃了之后,总是会闻到油的味儿,那种我在厨房坐得太久,衣服上也会有的味儿。

13

　　在冷藏架前，一个女店员整理着牛奶和酸奶盒子，她围着白色的镶着红绿绳边的围裙，穿着旧得几乎走了形儿的球鞋，球鞋原先也许是纯白色的。小时候，此刻我肯定会想起来的，我妈妈总是会差遣我来来回回地去买牛奶。可惜，尽管我很乐意把那想象成田园牧歌，可真不是想起什么草地和田野，而是通往一个农庄的新建小区的铺路石和新铺的柏油马路，旁边是一个州神经专科医院访客停车场，很大，种着些墓地灌木和其他一些带刺的景观植物。其实应该说，在农庄边有一个很大的停车场。因为，农庄是在停车场和新建筑群出现之前就有了。无论如何，我觉得很不体面，甚至有点儿丢人，拿着两个空的牛奶壶去新建小区间的农庄，——一个是红的、搪瓷的，另一个小一点儿的是带黄盖子的半透明塑料的——这里根本不适合宝马和敞篷款高尔夫车，它们停在有装饰图案的耐火砖外墙的私宅入口处。那儿肥料的臭味熏天，我讨厌那狗，我走过的时候，它总是挣拽着链子,大声咆哮,我也不喜欢那儿的牛,在圈里叫唤,而不是柔和而满意地哞哞哼着。这些一直拴着的牛,我敢肯定,是不快乐的牛,我也不能忍受那个农妇,一个令人讨厌的还有点狡猾的女人,她从一个巨大的圆木桶里舀奶,装进我的壶里,这样的大圆桶她可以把很多孩子淹死。她用一个大勺舀,先放进一个红色的搪瓷壶,可以放两升,然后再倒进小的塑料壶里,我更喜欢小的,就因为它是塑料的。摆放着巨大牛奶桶的屋子里,飘着酸牛奶的味儿,像所有的农家一样,到处是苍蝇,有迷惑复眼苍蝇的防蝇帘,好像旁边就是一个瀑布,但仍挡不住它们飞向敞开的大锅里搅动着的牛奶。我更愿意去商店,到那里买袋装牛奶,我并不期待新鲜牛奶与它在加热时形成的奶皮,而且我当时就知道,在我们欧洲,已经有太多太多的牛,有一个牛奶海和奶油山,这个农庄根本就没有存在的必要,至少别在这儿,在新建筑区,在州神经科医院停车场边。这些牛从来无法看看牛圈外面,它们离开牛圈,只是在被送去屠宰场的时候。有那么一天我没去农庄,而是往反方向,去了超市,在那里买了装在利乐盒里的牛奶,在超市外面的停车场把它灌进壶里,空的牛奶盒扔到了一辆车的后面。这样的事干了几次,之后,我妈妈也觉得,农庄的牛奶和超市冷库的牛奶几乎没什么差别。不久,她自己也从超市带牛奶回来了。

14

　　冷冻货架,穿白绿红背心的超市精灵们把它填满了,架子上有来自于不同奶场的全脂奶、1.5%和3.5%的带脂奶,还有利乐盒装的生态奶,有棕色的可回收瓶的,也有蓝色带棱角的人造材料瓶的,像花瓶一样。在冷冻区的旁边,有H-牛奶,就是超高温灭菌奶,我一直把H-牛奶理解为头发牛奶[1],带脂的和脱脂的,在旁边还看到脱乳糖牛奶、豆奶和不同纸盒包装的可可奶饮料,不必冷藏的。农庄的奶我已经很久没想起来了,我想来想去,我买的牛奶,到底从哪儿来的,还有利乐包的牛奶是来自于一头牛还是来自于上百或上千的牛,那些从未见过面的牛的奶的混合?真要找出来,我拿的、此刻正在购物车里放着的这一升奶到底是来自于多少头牛?我知道,提供这盒奶的牛奶厂雾化处理、高压喷雾头压制,同时强高温加热,这个过程,就是我在牛奶盒上努力去拼读的均质化和超高温技术处理的意思。我想起一篇报道,说的是沙特阿拉伯的高产牛,人们把它们放在沙漠中间的人工绿洲上挤奶。浇草地的水,还有在装有空调的牛圈内的奶牛喝的水,是古地下水,是地下好几千米的深岩水。据说,每头牛都有一个芯片编号,记录牛奶的产量。中心计算器确认,某一头牛没有产足够量的牛奶,可能是它病了,计算器就会发出警报。如果牛病得太久,就会被宰了,因为一头病牛,要消耗珍贵的百万年前的古老的水,而且在适合的温度的牛圈里养着,时间长了,绝对是不划算的。来自沙特阿拉伯沙漠的农庄乳制品厂出产牛奶,这听上去真别扭,就像我对这里州神经科医院访客停车场边出产牛奶的感受一样。在另一家超市,我看到有一种袋装牛奶,上面印着州地图,标出了牛奶场的地理位置,可惜没标养牛的农庄,也没有牛的名字。牛,也常常有好听的名字,比如叫阿尔玛、塞尔玛、梅塔或者约翰娜,我要喝它们的牛奶。

1 头发的德语是"Haar",发音与字母"H"的发音接近。——译者注

15

在我称它为果酱路的过道上,我转过购物车来,车轮跟着转过来。只是装满了的车有点难以驾驭了,第三个轮子不是那么容易控制。有时候,购物车像水流中的小舢板,你看不到里面的任何东西。我在蜂蜜前刹住车,找来自于中国或其他非欧盟国家以外的蜂蜜,可不久就明白了,有机蜂蜜,在墨西哥养蜂场产的,都贴着高山牧场画的标签,这反正都会在背面看到的。瓶子上有墨西哥宽边帽的蜂蜜,卖得不太好,因为是高山牧场的,我猜想,就把它放进了车里。蜂蜜是这里被归类于食品的唯一的一种昆虫产品,这一点是 L 告诉我的,我想了很久,没有想起其他的什么,烤蝗虫,不属于我们的供给。勤奋的蜜蜂把花粉或蜜露——吸植物汁水的蚜虫的排泄物——收集起来,飞进蜂房储存加工,在这个架子上陈列的瓶子里的蜂蜜是经它们吸吮的,但好像谁也没在乎。正相反,蜜蜂,尽管它会蜇人,还是会和五月甲壳虫、蝴蝶一样,被归到可爱的昆虫里。它们爱花,喜欢甜,如果想说些什么,就跳舞,卖蜂蜜的人说。[1]

> 1 一次我在诊所等医生看病时闲着无聊,拿起一本杂志,有一篇文章说"蜜蜂之父",马上吸引了我。蜜蜂之父,我想象,身材高大、拿着烟斗的大胡子男人,始终吞云吐雾,住在蜂房里。他不会觉得蜜蜂蜇人,那要人命的蜇,对他只是皮肤会有点儿红,蜜蜂女王不是他的妻子就是他的母亲,也许会是他的女儿。有时候,他要把蜜蜂孩子的蜜蜡拿走,否则,在天气不好的时候蜜蜂自己就会把蜂蜜吃了,他要用糖水来替代喂蜜蜂。

16

  我的手指放在购物车的横档上,感觉到好像车和我长在了一起,或许它是我的假肢,在它的帮助下,我穿遍超市,它是我身体的延伸物,里面搁着的,过一会儿会到我的胃里。我不是在推车,而是被车拉着走,尽管我早就没有概念要去哪里了,这感觉肯定不会错,似乎更像是我被一个程序控制了,对这样的一种存在我什么都不知道,也许我就是一个自动机,也许这就是我的意识,也许我这投射到鱼条和蜂蜜上的意识投影无异于人工智能的首次震颤,尽管在控制上还存在一些问题。我想起来,小时候或后来长大也还有过的想象,在下一个街角决定向哪个方向转弯,可能或必定关系到我未来生命的走向,有时令我如此犹豫,我会在街角停下来,设想着,如果我向左转,我将会如何,而当我踌躇之后向右迈步,我又会面临什么。如果你愿意,未来就取决于这么细小的、几乎不被注意到的几个微不足道的决定,这种所谓幻想或信仰,我不知在何时丢失不再有了。在我和L的故事里,即便我不愿意承认,也还存在着有回到从前的可能,那一回,我不登上城铁,而是走回到我们相遇的文具店。这一切,取决于一个细微的决定,这在事后都很容易构思,但我还是怀疑,这会影响我生命的走向,如我此刻向左走向啤酒或先向右走向肉,或再一次掉头转回到蜂蜜,像蜜蜂一样只根据颜色和形状的指引飞行。也许我是跟着前面舞着的女人来行动的,她们引着我这样一个毫无方向的男人与顾客,先向一个角落,再向另一个角落,最终用一堆我根本不需要的东西填满我的购物车。

17

我听到啪的一声响,望过去,看到一杯鲜奶油掉在了地上砸开了。这一定是从冷柜前那个拿购物篮的男人手里滑落的,他惊讶地向下看。奶油慢慢地漫延开来,他漆黑锃亮的皮鞋旁的白色斑渍越来越大。那人弯下腰,拿着还滴着的盒子,偷偷地看看周围,把它放回了冷柜的架子上,拿起一杯完好无损的。他检查着塑封盖子上的保质期,把它放在篮里两瓶葡萄酒、一把小萝卜生菜旁,离开了,此刻他的行动格外小心;他挎着的那个红色塑料篮,随着他步子的节奏,来回晃动。[1]

我购物车右边的前轮,此时有意地辗过了奶油渍,在超市的地板上拉出了细细的奶油线,这让我记起每隔几个月一年至少两次都会经过的一条人行道,铺石路面留着的印记,可能是颜料桶从自行车的搁物架上倒下来了。另外一直有一个大大的鞋印和自行车轮印交织成的画。超市地板上的奶油印迹,也一定想告诉我什么,只是我还不知道是什么。

1 以前的购物篮是金属的,看起来就像现在的自行车篮,两个细细的提手,用薄薄的硬塑料裹着,尽管如此,还是很硌手。

18

L和我,我们是在一个文具店遇见的,我们一再这么说。我们在九年还是十年没见面后,又碰面了。也许这一天在另一家文具店,也许是与另一个早年来往不太密切的熟人相遇,也许我与她结了婚,而三年后还没有离婚,也许有一个女人,在这一天在另一家文具店,在一家蛋糕店,一家鞋店或者超市与我相遇,没离开我,没有突然地和另外一个人在一起,也许我们,这另一个女人,我还从未遇见的,与我,今天还是一对。刚才从果酱路拐到别处的那个女人,这会儿又朝我走来,她看起来并不像L,不,我问自己,我怎么会跟她联系起来的,是呀,我怎么会想起L的,我是根本不愿意这样的了。这个在购物车里只放了一盒小番茄和减脂植物奶油的女人,穿着一条褐色短裙和不透明的深棕色的连裤袜,运动鞋。也许是她的连裤袜让我想起了L,L无论何时何地总保持着穿连裤袜出现,我就是从她那里懂得了这么多关于连裤袜的事,我会注意到女人的连裤袜;之前,在我认识到L对连裤袜的激情以前,我从来看不见女人的连裤袜,而只是看见女人的腿,漂亮、苗条、不是太瘦的腿,现在可惜又消失了,因为拥有它们的那个女人,又转向了别处。

19

　　这周打折,一个售货员的声音,报着优惠的商品,真是凑巧,提到了新鲜的菠菜、瑞士奶酪和面条。我没继续听,而是让自己靠在我的购物车上,弯腰趴向横杠,这上面,在我忘了的时候,我可以读出我现在所在的超市名称。安置在暗处的喇叭响着,混杂着我鞋底蹭在光滑的地面上的哑巴嘴似的熟悉的噪音。我与地面接触,我的双腿站立在瓷砖上,不,我不飞,我还在这儿。当我转过身来,我看到那个穿棕色连裤袜的女人,这会儿站在土豆泥前面,我想起来,几乎没有一个人,在这儿被称为顾客的人,如我这般,推着购物车,抬头仰望。所有的人都聚精会神,行动像一个梦游者,有时候看起来像是他们把自己也放进了冷柜,就是他们稍后要把买的东西塞进去的地方。这属于超市行为的正常规则吗?这样好像旁若无人,对所有其他人的存在视而不见,目光穿过他们,但并不关注他们?那个连裤袜女人和所有其他人,正好都在这儿,在同一时间同一个超市,但又好像他们每一个人都有自己的时间,被他们自己用半透明的保护膜包裹着。我相信,这层薄膜也包裹着我,我其实也不可亲近。我只是模糊地看着,也同样被模糊地看到,我觉得挺好。

20

  我又站到了一个冷柜前,看着透明包裹着的全素的成品生态意大利面和意大利蘑菇包,今天打折,与放在旁边的蘑菇馅的意大利小饺子很协调。这么大小的饺子形状,总让我忍不住联想到切下来的耳朵。

21

  在这里我不需要和人说话,不需要跟别人打招呼,我常常觉得很舒服。在这里我也不必考虑自己,我可以转移我自己的视线,围着L绕个大圈子。有好一阵子,我很喜欢买保鲜膜包着的新鲜意大利水饺吃,这种水饺大多是在热水里煮两三分钟就熟的,之前我只认准罐头里的,——后来,我也不知道为什么就不再这么做了。也许是因为L,有一次她告诉我,一些顶级餐厅,与上品饺子品质标准背道而驰,供应的饺子根本就不那么新鲜,甚至还将有点儿发霉的头一天的蘑菇包进饺子皮里,当作新鲜的蘑菇饺子写上菜单。我不知道这是不是真的,还是她臆想出来的,就因为她想说些有关饺子和发霉蘑菇的事儿。我吃罐头饺子的事,已经很久了。我不在地下室搭帐篷,也很久了,至少二十多年了,那里除了苹果,还存放着很多罐头,罐头菠萝、桃子、肉块汤、一锅炖,大多是两三个罐头摞成一堆,还有饺子:方正的,像是膨胀了的邮票,或小枕头,卡出个尖尖的边来,还有半月形的,我不是太喜欢,尽管也没什么理由,味道也不会因着形状的变化有什么差别。不仅是罐头饺子,所有的罐头,在我看来,都不再流行了。一直都会有,也一直会卖下去,尽管如此,我很少看到人推着购物车在罐头前来回转悠了。我怎么都忘不了,多么经常地会有这样的周六,妈妈在家,没有兴趣做饭,家里就吃罐头里的一锅炖豆子,扁豆或肉块汤。

22

有一次 L 和我看博物馆,里面除了一些稀奇古怪的东西外,还有一些旧罐头做的东西。这些展品允许触摸,我们特别注意到,墨西哥火焰魔鬼辣酱的保质期,那些罐头看起来还好好的,1988 年上半年就过期了,塞尔维亚米肉保质期本来也就到 1985 年年底,在南斯拉夫战争之前曾一度很流行的一道菜,令我们惊讶的是,它们在博物馆出现了,我们最喜欢的印度尼西亚的米糕,有 12 个小罐头,得在热水里加热。想着要打开 12 个罐头,无论如何有点儿吓人,也许正因此,我外婆有个电动开罐器。

23

我想起我的超市生活,想到利维、爱迪卡、库普、麦德龙、阿尔迪、斯帕、超斯帕、雷希特、法培利克斯、冠军、特斯克、凯撒斯、生态公司、帕雷斯肖邦、沃尔玛、帕卢斯、伊克斯塔,还有罗马尼亚的一个名叫害怕的超市,听来很特别。第一个超市甚至叫皮格利维格利,一个名叫克拉伦斯·绍德斯的美国人1916年在孟菲斯田纳西州开设的。这位绍德斯先生开始有了这个简单的、在当时还是革命性的主意,让顾客在店里自己拿,喜欢什么拿什么,自己把这些东西拿到收银台去。为避免没有付钱而离开超市,他在超市的入口和出口收银台区域安装了一个木制的旋转叉架。绍德斯拿他的主意申请了专利,并使自己成为千万富翁,可后来,在世界性的经济危机中,他又失去了他的全部财富。

24

　　我靠在购物车的把手杠上,右脚搁在下一层搁物架上,这一层是在超市里用来搬整箱矿泉水或整板的常温保存的牛奶或是整箱葡萄酒的,我用左脚蹬着地。我这样沿着超市的过道滑,购物车成了我的滑板。几年了,我都这么做,也一直这么想象着,某一天我滑向并撞上一个巨大的罐头堆起来的金字塔,——可无论如何,我没在这个也没在其他超市里看到过有这么大的罐头金字塔,也许只有在电影里、喜剧片里或电视里有。我又晃悠了一下,继续沿着过道滑,加速,听着我鞋子的吱吱声,想着几年前或几十年前,还是小小孩的时候坐在这样的购物车里可折叠的椅子上,奇怪,我执意让人把我放在这个可以折叠的大嘴里,坐在像鲨鱼喉管似的购物车腮帮子里,我外婆总这么说。车又慢下来了,我跳下来,想起一个朋友跟我说过,有这么一个超市,那里的每一个顾客,只要愿意,在不是周末的某个晚上,可以在他已经放上东西的购物车上,系上店里准备好的红色蝴蝶结,发出信号,她或他想认识人。这叫单身购物,我不知道,他对我说这些,是想让我询问,哪里可以找到这样的单身购物超市。也许会碰上一个女人,她车里放着和我车里同样的东西,在她的车上系着红蝴蝶结,我们可以相互搭讪说话,可以问:要不要一起吃冷冻披萨?哦,好呀,多方便,那我们只需要用一个烤炉加热。可我已经知道,最终,会打扰我的是,她抽烟,或者打扰她的是,我抽烟,或者不抽烟也一样,她打搅了我,因为她用刀叉吃冷冻披萨,或者我打搅了她,因为电视机这么开着或者没开着,或者她爱看的这节目打搅了我,或者她还很放不下她的前夫或前男友,或者她觉得,我对L念念不忘。大概会有一百万个理由,我们之间相互不满意。只有L完美,她一点都不会让我烦,但这是一个记忆的谎言。

25

我看见前面有块标牌从屋顶上挂下来,用无色的尼龙绳吊着,轻轻地来回晃,看得出,这里有通风管的风吹过超市。牌子上写着:男人/女人 特价,小字写着:你的理想伴侣。下面,在超市的一个角落,我觉得好像从没有到过那儿,至今也从没有注意过,我看见一个高高的玻璃架子,我走近一点儿,看清了,这一个个小水族馆式的格子里,人的身体在里面游动。小小的透明软管连接着他们的鼻孔,显然他们的身体躺在胶状物里。此地,商品说明牌表明,我可以就在这里找一个新的伴侣,这儿营养盆里悬浮着未来的伴侣,等待着来做你的朋友、配偶或情人。他们穿着白色的腈纶紧身内衣,眼睛是闭着的;气泡时不时地从嘴角冒上来,男人码放在女人边上,每一个都有各自的格子——我不禁想到了餐厅的水族箱,在那儿,客人们可以挑选鱼,同样还可以看到这条鱼最后游泳的样子。另一块牌子还指示说,这里展示的一些可以购买的身体,完全是赤裸的、空的、没有记忆,但也可以有别的一些选择,我继续读下去,产品说明显示,可以让他们拥有与你共同的过去,安装进共同度假的记忆,另外,还可以获得一些诸如共同记忆的照片,我在想,就像我和我女朋友在巴黎的迪士尼乐园、在威尼斯、在拉斯维加斯等地的照片。粘在每个格子上的产品具体说明可以帮助你作出选择:喜欢运动,乐于助人,对文化感兴趣,善于烹饪,会外语,有漂亮粗壮的阴茎。这突然令我想起了一个小时候就有的恐惧,有一个人,非法地作为家长,用学校的说法,冒充教育监护人,可能会把我拿到一个家长可以选择后代的孩子商店,换掉。在这个商店,婴儿被封好,像鸭子和鹅那样冻成白色,放在窄窄的敞开的冷柜里;对那些嫌养婴儿麻烦的人,也有二到四岁稍大一点的孩子出售。如果你不乖,我们把你换了,婶婶有时候会这么说,我常被送到她那儿吃午饭。那你也得不到什么钱,我的叔叔就在旁边嘟囔。

26

当我走到乳制品冷柜前面的时候,我听到一个声音,问我要不要尝一尝。我面前站着一个大胡子男人,围着白色围兜,递给我一个塑料试吃碗,里面一坨淡米色的东西冒着热气。这男人的后面搭了一个小台子,摆着微波炉,还放了一些塑料碗,都装着同样的黏糊糊的粥样的东西。您尝尝?我想起我外婆的牛奶粥,总放些糖浸的樱桃,就像苹果、土豆和罐头一样,我都得到地下室去取。密封瓶通常要借助坛子和热水,经特别处理才能打开,这个过程,在我看来,像是一个咒语。如果这个咒语灵验,这个通常胶圈已经老旧了的玻璃瓶盖也就松动了,我就可以把那些深色的、离核电站不远的地方长熟的樱桃,用勺子舀出来,用它在装满了牛奶粥的深盘子边上摆成一圈。它们像是一颗颗深红色大颗粒弹珠组成的链子围绕着白粥,白粥则在盘子里构成一幅裂开的冰冻荒野的景象。我会把这幅风景用勺子弓形的背面先做出一个形状,再把它弄平坦,在上面撒上糖和肉桂粉,做成街道和砾石,我的盘子我说了算。直到外婆说,别拿吃的东西玩,吃！您尝尝吗？我听到这个大胡子男人又问,他胡子上没挂着粥,他又递过一小碗冒着热气的粥来。我还从没想过,要买成品牛奶粥,也从没想过,把一塑料碗的粥放进微波炉里,我的外婆是在她的灶里煮的,她用木头点火,在厨房灶里燃着,尽管她也有燃气灶,可她总还是用柴火,这很让我着迷。不用,谢谢,我说,我不想尝——一团糊糊,上面已经插了一个白色的小塑料勺,比冰激凌刮片还大一点儿,我要吃的话,伸伸手就可以了。一个彩色的冰激凌刮片可能更好刮这一团糊糊的东西,我这才突然想起来,我第一眼没认出它是牛奶粥,因为它已经拌了肉桂粉,所以看上去已经不是真正的白色了。这可真是错了,牛奶粥得像乳牙那么白才对。

27

在冷柜前，我看到了芭芭拉，她正好要去拿两盒脱脂凝乳，从她特别的姿势我认出是她。她就住在附近，我们时时都会碰到，我们曾一起去上学，好像已经猴年马月了。我没和她打招呼，她的车里有不少东西，看样子她推着向收银台走，还有，我们之间好像也没什么可说的了。好像从我们毕业之后，在超市前的停车场第一次碰到，就已经没什么话可说了。那次我也是从她走路的姿势认出她的，后来回忆这次相见时，我才想起来，在学校毕业考之前去法国南部的那次班级旅行中，我们还一起睡过。全是些奶酪食品，看来她要吃奶酪土豆、奶酪蛋糕或奶酪甜点了，现在都放进了她的车里，她走远了，看不到我。她走着，像是在芭蕾课上太久了，双脚有点外八字，可她的长胳膊摇摆着，这不太像个跳芭蕾的，好像是在空中搅和一团蛋松糕的面团，说动得不自然不如说就是没控制，其实我原来是喜欢她动作的整体效果的，现在也还喜欢着。我还是应该去和她说句话，可我知道,她有两个孩子,也许正要去幼儿园接孩子。在法国南部,我们俩都喝醉了,很热,我们躺在沙滩上,没有采取避孕措施,所以两周后有那么几天惴惴不安。有一个想法突然占据我脑海,我们俩,她和我,现在也许有一个十七八岁的孩子,大概就像我们俩当初的年龄。那儿,她身边,也许站着一个孩子,或者,这儿,在我身边,不过,今天根本就没孩子站着,或根本也没有孩子会有兴趣陪着父亲或母亲到超市里来。

28

在沙滩上的那次我们简直贪婪地想把彼此吞下去,芭芭拉对我,我对芭芭拉,第二天早晨,我到处是吻印。也许我该像一般男人那样作些引诱,把古龙水不只是喷在腋下,也往胸前喷一点儿,还可以再经历一次这样的事。我记得这么一个广告短片,片子里裸着的凌乱的一对儿,早上醒来,在欲望的忙乱痕迹中找他们到处丢散的衣裤。男人的裤子挂在花园大门上,女人的衣服在一个停车票自动机上,他的T恤在一个刚经过的红绿灯路口。他们的追逐游戏止于一个超市,在两个遗忘的购物车之间,她找到了第二只鞋。在番茄汁前他们相遇的,恰似在森林某处的偶遇,在寻找草莓时,在林间空地,千秋万代以前。

29

我听到海的声音和海鸥的叫声,我马上知道,我临近了新鲜鱼虾部了,错不了的声音设计。这会儿,我得想着小渔船了。百年不变形的核桃木造的,沙滩上还有渔夫们拖渔船的痕迹,海岸上,手工织的渔网,晾着晒着,还有装着刚捕捞上来的鱼的筐子——对渔民生活的浪漫想象,就只有在博物馆或者在一些发展中国家保存完好的渔村的角落。也许需要些海的声音和海鸥的叫声,对鲜鱼摊尤为适用,因为鱼是无声的。碎冰上的战利品,对我显示着:你把我给抓住了,是你杀了我。一条不小的闪着蓝灰色光亮的完整的三文鱼躺在那里,旁边是鳟鱼和乌颊鱼。大部分鱼,我都是根据旁边插着的牌子才叫出名来的。这像是在一个画廊,我也是大多看右下角的指示牌才知道是谁画的。此外,从牌子内容还能推断出,鱼是否来自于水产养殖场,是养殖的鱼,或者,它是否曾经在大海里游过。不过,我的意思是,它们就不配那句话:你抓住了我,是你杀了我。冰上的鱼悲哀地看着我，它躺着，我已经知道了，看着它的眼睛，死了的鱼看着我，有一点我很清楚，我不应该买它们，它们或许来自于用药物污染了的渔场的海里，或像电视台常常显示的那样，它们闯入了那些没有欧盟赞助就根本去不了深海的拖网渔船撒下的网，要不就是俄罗斯或日本的某个流动的渔业公司捕到的，这些公司的人不会遵守捕捞限额，反正也没有人去检查它们，这些渔业公司，他们把驾着独木舟样的小船，穿梭于海洋激流中的西非渔民的一切都捕走了。躺在这里的这些战利品，看着我，唱着世界食物分布不均的歌，好像死鱼能唱歌似的。而我，作为顾客，想着，我如果买了这样的一条鱼，我也是有罪过的，因为不久可能什么都没有了。有一回，L跟我说起大西洋胸棘鲷，以前其他食用鱼还足够的时候，只是偶尔顺便被扔到船上，而现在为了供应市场，换了个名，叫恺撒鲈鱼，人们在新西兰沿岸和南美的深海大举捕捞它。它可以活到一百五十年，而今，有不少成了人们的盘中餐。在第一次世界大战前就有的鱼子，比食客的外婆、太外婆还要老了。这事儿，L对我说，不久就会完结了，因为恺撒鲈鱼在深海里也藏不住了，在可预见的时间里也不会有了，正如星鲨那样，人们熏了它，当熏鲨鱼干卖。

30

在扩音器中大海的声音里,掺杂着水族馆右边气泵发出的咔咔声,三只疲惫的龙虾,大钳子用橡皮筋绑着,死一般在水里躺着。闻到了海盐的味道,可我问自己,这也许是从香味罐里喷出来的香气?也许,我只是想象到了大西洋的空气。也许这儿有声音设计,也还有香味设计。到这会儿,我还什么都没太注意到,因为它很得体。鱼的味儿是闻到的,因此我马上想到了巴黎的一个鱼市场,在红堡地铁站上面巴贝街的东面,我看到过最不可思议的大西洋的新鲜鱼放置在冰上,深冻的,在敞开的店后面摊子上用电锯锯开。我这会儿闻到了运河上船的柴油味儿,听到了海鸥的叫声,它们至少如此乐意在离海岸线不太远的垃圾堆上打转,就像在海面上一样,在这儿它们能找到所有在架子上摆着的东西的残渣。

31

在冷柜前,一个深色烫发的年轻女人拖着地,她穿的超市围裙就像伪装服。总有一个工作人员在东擦西擦,也许是要给人一种印象,这儿是很重视清洁卫生的。拿着大拖把的女人在瓷砖地上划拉着一个图形,她也许是个学徒,她几乎还是个小姑娘,奶油溅出来的痕迹,已经没有了。那石头,是奶白色的人造石,有黑色的斑晶,所以有脏东西在上面也不会一眼就看出来。我怀疑,也许,那里拖地的根本不是女人,而是一个非常发达的安卓系统,伪装的程序能够让它完成从松弛到马虎的动作,在干活运动的时候,嚼着口香糖——要完成这一切动作要求计算功能十分强大。尽管动作均匀得十分机械,令人生疑,而且她的脸也让人想起电脑游戏里的人物形象,但要怀疑这个女人毕竟是瞎扯。我可以肯定,她不会在这个超市度过她的余生。我这会儿想起来了,有一次,我在快打烊前走进电影院边上的小超市,想买一瓶水。我在饮料柜前站着的时候,周围没有一个人,我看到三个售货员在冷柜前练习舞步。我看了她们一会儿,想着,她们的表演,是适合超市的唯一举动,只是还缺那么一点点,就是她们应该唱起来。还没看够呢,可惜她们就注意到我了。我不由得笑了笑,她们也笑了笑,我告诉她们,我很喜欢她们的表演。

32

没有扩音器的声音,没有闹钟的声响,没有小崽子们的开心尖叫吸引我到肉柜前面,这儿最好别让人想起动物的样子,这儿可以买到它们身上的某个部分,然后吃掉。这儿玻璃柜里没有陈列内脏,没有猪脚、猪耳、猪嘴——,这些东西在汤里吃起来很香,我叔叔对此坚信不疑,但我从没有真尝过——,很少见到一个猪舌仍是猪舌的样子,它们大多藏在舌香肠或舌肉冻里了。墙上也没有像是在法国的一些肉店里挂的猪或牛的解剖图,以让顾客明白要买的肉是来自于被屠宰了的动物身体的哪一个部位。[1]这样会比较清楚,那片火腿是猪的后上腿,可这一点,或许我根本不想被提醒。[2]

> 1 法国肉铺师傅有那么点儿过于细腻,他们有时把准备烤的羊头和清煮的牛头放在橱窗里,在鼻孔里塞上法香菜。

2 尽管如此,猪或许是最受欢迎的广告片。在从顶端到下面铺成白色瓷砖的肉店前面——已经越来越少了,在我住的附近,过去的几年里,有三家,一家接一家地关了——人们看到的陈列品,大多是后腿肉,喜气洋洋的猪,有时候头上戴着厨师帽,或是一把长刀劈开猪蹄,挂着块牌子,上面写着肉店今天的特价,还经常有对猪同类的赞美。有一次,我在这个已经消失的肉店前的橱窗边站着,那儿如今是一个餐厅,结构没什么改变,我就看到了上百头小猪的形象。真的,这令我喜悦。

33

在肉肠柜台前,我站在两个妇女后面,注意到柜台展示品上插着牙签,串着小块萨拉米肠和奶酪块。我可以拿一两块往嘴里送,尝一尝,我是被味道引上钩的,香肠和奶酪块是诱饵和钩子,可我控制住了自己,没有去拿,而是去看玻璃柜里的香肠。我一直买黑森林火腿和米兰香肠。我习惯买切片香肠。有时我会加一些熟的火腿片,在德国叫布拉格火腿的那种,或者另一种,在法国叫巴黎火腿。也许我只是因为这些带着城市或风景名字的香肠——里昂、维也纳、帕尔玛——完全是诱惑,一个花招。就因此,我总会再来,愿意每个星期都来这里上当。我刚刚决定像往常一样买黑森林火腿和米兰肠,就听到在我前面排着队的两个女人中的一位说要买肝肠。肝肠,听上去没有什么吸引力,这我也没办法。就因此我有生以来从未买过肝肠?在肝肠女人的购物车里,放了两包干面包片、土豆、植物奶油和一条黄瓜。看上去不是为一家人买的。我突然冒出个念头,晚上她坐在起居室里的餐桌边,对着电视机吃着,大概是七点,也许八点才吃。我继续想象着,她怎么在夜里很晚的时候,也无法入睡,不知道为何,走进她的小厨房,又拿起一片干面包片,抹上肝肠,每天设定的卡路里的边界,又一次远远超出了,控制体重于她很难。

34

　　下一个顾客买得很大气,最后说,她还想要些腌制的餐前小菜。洋蓟心就放进绿橄榄的袋子里吧,这些都是用在今晚的色拉里的,我丈夫很喜欢吃这个,我听到她说,很惊讶她的健谈。她继续滔滔不绝,铺了桌布的桌子,大的圆的,碰到刀叉会有可怕的声响的木头盘子,除了夫妇俩还有朋友要来一起吃晚饭。好像一次就要展示她的全部生活,香肠片和肉酱摆成形,用松柏枝点缀,就在柜台的啤酒肠和萨拉米之间。卖鲜肉的员工并没有回答,漫不经心地把洋蓟心从碗里舀进塑料碗里,用一个透明盖子扣上。她是一个那种所谓看不到下半身的女人,我知道她是肉店店员。有一次在街上遇到,我不知道在哪里见过她,只是之后我又一次到超市,差不多和她撞个满怀,才想起来是她。小时候,我经常从这样的看不到下半身的女人那儿得到一段香肠,我此时想起这情景来,是因为在我后面有个男人,领着一个四五岁的孩子,排着队。我得到肉肠圈的一段,芥末黄或橘黄的肠衣被柜台里的女人用锋利的刀先一刀深切下去,然后用刀刃把皮一样的肠衣划割掉,手势动作显得有点儿残酷。[1]店员隔着柜台递给我一段切下来的软肉肠,上面能看到切口。就因为这,有时我就根本不敢肯定,要不要吃这些送给我的东西。现在,我已经注意到好几次了,店员在给孩子香肠片之前,是问过家长允许不允许的。

> 1　为什么这种肠叫肉肠,只是在于,像我所希望的那样,可也许我比较幼稚,所有的肠都是肉做的,不只是磨碎了的骨头、水、脂肪和杂碎。它最终叫肉肠,是因为它里面基本就没有肉吗?

35

　　那个丈夫喜欢吃洋蓟心的女人,有那么多话要说。我感觉她要说出她的大半生。好像她脱了衣服,不能更赤裸地站在那儿,而只是因为她把她的秘密都摆放在了这一天,这在超市里很不寻常,搞错了地方。就这样尴尬了好一会儿。我想,也许只是我自己的幻觉,肉柜店员似乎微微地冷笑了一下,我此刻反倒是有些可怜这位女顾客了。其实她只是对她的晚餐做了点注解。

36

请来一小块人肉,风干发酵的,我说,听到售货员回应道,切块还是切片?带骨头、心、脾、肺、肝?心是鲜的,您知道,腰子是今天才从摩尔多瓦来的,肚子是孟加拉国的。不,柜台里的女人当然没说这些,我还根本没排到呢。[1]她也不是预言家,读懂我要她出售的那些内脏。大多数时间,她忙着,把火腿和肠从冒着冷气的保鲜膜里拿出来,再切成薄片。此时我拿了一串供顾客品尝的肉串,尽管我以前是不会去吃它的,这会儿,我只是想知道,自己是不是真的醒着,是在超市还是在别的什么地方。这个用牙签串着的香肠块,有点儿咸还有烟熏的味儿。在一块香肠上吊着特产和美味字样的广告。单单是想到美味这个词,就倒了胃口了,我不想买这种香肠,不想尝试,我还是买我的黑森林火腿和米兰肠,我这么想着,同时看到了柜台后不透明的银色光亮的S形肉钩挂着的肉。这些钩子的末端,是尖尖的,很容易钩进器官,挂起很重的东西。以前我觉得很特别,肉检员可以把紫色的章直接敲在肉皮上，可这是要被吃掉的。我辨认不出，这挂着的肉是哪种动物的哪一部分，还有它来自于哪里，有幸在哪片草原吃草。L因此总是坚持在生态肉店订肉，她有时也订些饲养场的冰冻肉。她喜欢从订单目录上订肉，因为她不愿去想那个本地的肉店店员，她在此地长大，监视着这里的每一个客户。如果有人买400克切片肠而不买200克了，买一种比平时买的贵的，她就知道，那家的客人还在，然后她会跟所有人说。个体肉店的这种个人监控，在超市的肉类柜台就没有了。那个店员不知道我的名字，我也不需要认识她，我相信，如果某一天，这个肉类柜台店员叫我的名字，这将会是我最后一次在这个超市。与小店不同，超市里有关客人的知识是匿名的、数据化出现的。电子秤会记录，什么时间买了多少买了什么，它只是为它自己保留着这些信息，不会追问客人还要待多久或者为什么我只买一个人的火腿肠，抑或妻子搬走了或为什么出走。

> 1　也许有那么一天，我会被锁在我的这个超市一个神秘侧房的墙下，我的命要交给肉类柜台。而我不再是个消费者，而是自己被消费掉。

37

终于排到我了,我唇边吐出了俩字:您好！短促、有距离感的,但听上去也没有不友好,我说,我就要100克的黑森林火腿肠和米兰萨拉米肠。那个卖肉的专业人员,围着白色的围裙,今天没有戴胸牌,这我倒不在乎,她先拿了本来就已经切成片放在透明保鲜膜上的火腿片,称了一下,然后把它放在较硬的深玫瑰色的蜡纸上,这种纸还没使用多久。它是代替铝制薄膜的,其实是一种可回收的称重纸,用作称火腿片的。现在只是还缺售货员在我的这包肉上,用粗粗的铅笔写上价钱,像以前在肉店那样,可如今在这里,当然是电子秤打印出来的价单,要么粘在纸上,要么,如眼前的这两小包肉片,粘在一个半透明的包装袋上,里面是用蜡纸隔开的。有段时间,在一些超市现在还是这样,价单是用订书机钉在袋子上的。我一直有一种担忧,对,是害怕,哪天把这钉子一起吃了下去。那长长的、粗粗的、稍稍削过的铅笔大多搁在肉店店员的右耳上,我正想着,可售货员已经把那包肉隔着柜台递给我了,两个小包装放在一个奶油色的塑料袋里。我心里问,就这个动作,她究竟在她的生活里做了多少次了,也许她在夜里也偶尔梦到过，至少，有时候也会想象过，试着把左手代替火腿肠或萨拉米肠往飞快旋转着吱吱作响的切片机转刀里推，切成薄片，只是因为无聊，或只为对付她不见日光的生活。

38

  这包切片放在车里的苹果、柠檬、牛奶和蜂蜜旁,我觉得,我在这儿有几个小时了。到底什么时候我到自动推拉门边,通过旋转门进来的,我不知道。我看了看表,奇怪,没看出来。看来,L送我的这块表好像不走了,无论如何,这表的指针在一角不可思议地卡在了一起,我看不懂指针的位置,我放下胳膊,想着,这怎么可能呢,不指示时间,我还从来没见过,此时,超市喇叭响起,又播报了一遍这周的优惠价。

39

我在大衣的侧面口袋里找着购物单子,我记得很清楚,我近来几乎总是把购物单子写在没有仔细拆开的开窗式信封的背面。当我把手从大衣左边口袋抽出来的一刻,一张购物发票掉出来,飘向地面,好像在空气中涂鸦。我弯腰捞起它,

这是一张日用品店的购物发票,我昨天或是前天去的,去买保持健康的水果条。不,我不相信当我吃一条两边用糯米纸夹着、压得有点儿向边上挤的半干的水果条,就真能保持健康。或者不是这样?我还记得,我刚交完钱离开店里,就把其中一包撕开,把里面的东西胡乱塞进嘴里,此前,在商店特价区碰上了电子计数的跳绳。还没等到把透明包装看仔细,我已经看到了自己穿着专业的运动服,可这衣服根本就不是我的,我在一个房子的地下室出着汗,我根本就不认识的练功房,穿着一件红色的T恤衫,显出像暖气散热片般的腹肌,没有肌肉的大腿和小腿肚,我从来没有过的,再过去到了一片明亮的住宅区,看着我自己,这个只是和自己稍许有点像的人,在完全另外一个生活世界里,听到一位陌生的金发女人,对我说,亲爱的,你好!她坐在一个开放的美式厨房里,这位夫人,跟L毫无相近之处,竟也叫我亲爱的,而且问我,要不要来一盘西班牙凉汤,好啊,我在这个想象里回答说,接下去,我就看到我们半裸着躺在厨房的台面上,奇怪,我既不知道我们什么时候结的婚,也不知道我们什么时候认识的,还有我们在哪一年搬进这房子的。更糟糕的是,当我躺在厨房的台面上透过窗户看到出口处时,我搞不清楚两辆车中哪一辆是我的。在这个想象中,我就根本没有对这个大声抱怨着的女人的任何记忆,她叫什么名字,我也是不知道的,她的运动裤还没有完全脱下,她刚运动回来,她还说:小心啊,这可是开司米运动裤,可我只是注意到这个好看的、散发着鲜榨苹果汁味儿的女人,在她的性高潮之前,不是轻轻嘟嚷着我的名字,就是喊出声来,我会很乐意知道,我叫什么,还有我到底是谁。

40

我手里还捏着购物发票,看着上面的电话号码,问自己,我到底有什么借口,可以给他们打电话,我还从未做过这种事。我可以从我的裤兜里拿出手机,按号码,问收银台的那个女人,她在我每次买完东西的时候,都冲我笑,总是说祝我愉快。我第一次见她,她就已经冲我深深地笑,我不知道,她是怎么做到的。第一眼见她,她是个不起眼的女人,头发染成红色,围着所有商店售货员都围的围裙,这不会让人特别注意到谁。她带有口音,听得出她说的不是母语,除此之外,我就不知道什么了。尽管如此,我突然感觉到,我俩像是有关系的,这张账单,就像是一封秘密的情书。一个类似的秘密关系,我只是和一个深棕色头发的书店店员间有的熟悉关系,她一周里有几天换着在附近的几家书店工作,具体的到底哪天在哪家,可惜我至今都不知道。从外面透过橱窗向里望,我可以看见,她是不是在店里。我完全只是看到她在,才会踏进这家书店,会买她推荐给我的书,尽管之后很少会去读。到家后我把它放在床边的一摞书里,我会把这一摞书一年一次整理掉,把这些书和另一堆没有读的书放到书架上。

41

在方圆七到十分钟的步行圈里,还有另外六家日用品店,我买牙刷、须后霜或浴液。可我一直去那个染发的女人那里,在她那儿找洗发香波,再买些肥皂,清洁洗漱用品。[1] 在过去几年里,日用品商店明显地扩大了经营范围,在她那儿,我甚至还可以买葡萄酒、甜食、咖啡和全素的面酱。在我还得去幼儿园的时候,我每天都会走过一家日用品店,那时对日用品的价格控制还没有废除,没有食品。这个施瓦泽贝克日用品店,属于我幼儿园小情人安可的父亲,有捕鼠器和除草剂卖,我的祖父到时候会把除草剂洒在院子里。那儿也会有防晒霜、香水和不同的香粉出售,施瓦泽贝克先生总是在一个长长的木头柜台后称东西,然后把这些商品装在纸袋里——所有的东西与现在的日用品店无法相提并论,现在的供货在网上就显示了。每次我去柜台付钱的时候,那个亲切的售货员冲我笑着,现在我很愿意给她打电话的,她递给我一张广告纸,是他们网店的广告。我上一次去店里,进去看,发现本周最优惠的,是一个带着纯钻石的铂金戒,7790欧元降到了4444欧元[2]——在施瓦泽贝克日用品店,现在想起来,我也买不起钻戒的,尽管那会儿我是想和安可结婚的。另一个小册子里的广告产品叫马克斯之梦,是PVC做的双厢的植绒面的气垫床。我虽然不知道,该如何想象在一个植绒面的气垫床上躺着,但听上去柔软、有趣、大有可为,而且,从149.95欧元降到89.99欧元,外加一个回力阀电动气泵和一个背包袋。在这张广告纸上,我还发现一张电子计数的跳绳广告,这让我很兴奋,可是我与另一个女人完全别样的运动生命里的跳绳梦,却是不会重来了。这张广告纸,我带走了,可没有订铂金戒。L的大小,我还记得,照我们的戒指大小,是47号。[3]

---

1 事实上我也还在那里买厕所纸,但在一样一样地摆放它的时候,感觉不太舒服。L常拿我开玩笑,这让我尴尬,厕所纸,不少的零售店标为卫生纸出售的。大多数时间,即使她嘱咐我,我也不带,因为这一大包东西,我没法藏进袋子里,我不想带着它走街串巷。另一方面,当然我也无法回避厕所纸。时不时地,我得克制自己,直接径自回家,希望不要碰到谁。你有时候真的很拘谨,L常这么说。

2 在说明书里叫1.0克拉纯铂金戒指,还有:"585白金包镶,质量经钻石检验专家专业测评。每一个戒指将为您量身打造!"在一个白色的特制的小盒子里:"供货时间10个工作日,预付提货,不退货。"这个价钱也许是很优惠?在珠宝行一个戒指也许会是9000欧元而不是4444欧元?或许还要贵?可是这个4个4的价钱不是很让人怀疑吗?这不说明终究是个完全任意的、没有仔细评估的价格吗?还有在中文里面4个4,不是死的意思吗?钻石哪来的?西伯利亚?南非?刚果?那儿的某个叛军领袖需要些迫击炮吗?新的机关炮?弹药?

3 我很少研究早上从日报中掉落出来的优惠商品广告。我知道,我能靠着这些优惠节省点儿。我可以在网络上比较价钱订东西,查一查,这个搅拌器,这个电动牙刷或那个鹅绒枕头究竟比别的地方便宜多少。我可以有目标地去车程一个小时以内的专业店买这周最便宜的毛巾架,或是一个晾衣架,或从这省下来的钱得到这个或那个惠赠,不仅这样,还有好的感觉,省了钱了,开着车回家。可惜一般来说,我懒于做这样的事。再说,我也清楚,特别优惠也不是没有危险:不久前一个女人险些死了,她想买一个极便宜的平板电视,她很早起床,最早到还没开门的家电市场排队,等到开门,被急切拥进店的顾客挤倒,冲向架子的人潮踏她而过。

42

　　L总是把购物单写在空白的旧索引卡片背面。她有上千张这样的方形的、没有画线的纸片,她学习期间一定是非常用功的。右上角总是写着日期,年份都还是特别的19开始的,下面是摘记、文献和用很小但不潦草的笔迹写的注。如果我拿着这样的一张卡片站在香肠和奶酪柜台前,我可以把它翻过来,读一段普鲁斯特,有时候还会有关于麦斯特·沙勿略(法国著名竖琴家。——译者注)的书。大多我不是太明白,因为L基本上是为了她的研究从法国文献资料里摘录的,摘录她是用这个词表述这事儿的。最后的这两个盒子装满了卡片,未来几十年的购物单,在她搬出去后,我往院子里的废纸箱里扔了一两年,但她真的不再回来了,这纠结的感受在我心里弥漫,几乎令我愤怒。可这样的感觉还不够强大到我会扔掉她留在这屋子的所有东西和神圣的遗物。此后我把购物单潦草地记在用过的信封上。

43

当我把自己撑在购物车上的时候,我装着是一个俯身弯向老年走步车的老人。我努力去想,购物单上写了些什么,可我有点糊涂了,或许是喝醉了,可为什么呀？在日用品商店,有一回看到一个女人,她从取照片的架子的格子里拿下一个袋子,迫不及待地撕开,要看看取到的东西。至此都没什么特别的,可我惊讶她变化着的面部表情,突然间,这女人消失了,不在那儿了。看起来,好像她不是站在那些礼物纸卷和湿纸巾盒子之间,而是立于深深的私人生活空间里。有些东西,像是半透明的浴帘在她前面挂着,往旁边推移了,站着的是另一个女人,在她此刻明朗起来的脸上,显示出深深的感动。我虽然不清楚,她在看什么——是她女儿入学的照片,还是她儿子满怀礼物的生日照片,或是她丈夫,度假的海边,沙滩上垒起沙堡的照片——尽管如此,她的感动传染给了我,我一起感动了,可同时有些许愧疚,我如此观察着她那么私密的时刻。这个脸庞非常消瘦的女人,鼻子不小,很快,她自己也觉察到了,她购物的面具落下来了。她意识到了,她是在一个日用品商店,眼前的浴帘重新拉上,她又换上了一副中性的脸,把照片塞回信封,粘上封口,走向收银台。

44

　　我愿此刻我也有几张照片可以取，一个信封，里面有几张记录我生命中美好时刻的照片。1)我和L在文具店重逢并坠入情网。2)我们俩在某个海边，两块大岩石之间。3)四月的一个清晨，夜之将逝，我们从一个俱乐部出来，鸟儿已经开始啼鸣，我们一起穿过大半个城市回家去。4)在意大利沿湖乘船驶向威尼斯，也许是别的什么湖，在夏日午时的阳光里，宁静明朗清澈。5)她特别满意时的脸，她吃萨赫巧克力蛋糕的脸。6)上午的院子，一个长长的冬季过后，春日，明媚的阳光里。还有另外一些时刻浮现，但不是很多。也许是个不错的事儿，像我这样几乎从不拍照的人，也能在这里取些什么，由此能把所有的过往都再看上一遍。我很乐意多买一些记忆，也乐意买一些能让我回忆、自己却没有亲历过的经历。一本相册，在那些照片上，人们看到我在从未待过的城市，我从未躺过的沙滩上。我会想：多舒服呀，另一个人为我旅行，到这些地方去，看美好的东西，被蚊子咬，我自己不必在那儿。

45

我已经不知道了,我叫什么,我多大了,我已经不知道了,几点了,我要买什么。我所有的一切透过购物车的格网落下,我可以看到乳色带黑斑的地板。在这地板上竖立着些架子,形成沟壑,我从它们中间挤过,架子满满的,沟壑倒是看不清了。没有什么建筑会让我转移注意力,地板的马赛克和壁画也不例外,东西是重点。因此我穿过一个简单的、冷冻的、塞满了的盒子,这里很少会和另外一个人走得太近。同样的,两个购物车撞到了一起,看起来也是毫无妨碍地相互穿行而过。有时候,我害怕,穿过一辆陌生的车,而且感觉不到这些,我觉得虚无缥缈。我晃悠着好像失去了全部重量,也许我只是自己没有注意到,我已经死了。

46

在黄瓜瓶中间,架子上这儿那儿地突起些小纸牌,我猜想是涉及黄瓜的产地、证书之类,不是源自于法国或罗马尼亚或马达加斯加,不是越过了几百公里或几千公里或是更远的地方远道而来,令人惊讶的是,我并没觉得本地产的黄瓜有什么特别好。我不想吃附近产的黄瓜,如果可能,我有心想要小小的、辣的法国酸黄瓜,经常会用作加在半个面包上的萨拉米肠的点缀,大多会对半剖开,摆成扇形。但我不需要黄瓜,因为我从不装饰面包抑或半个面包,所以我径直走过这些放着荞头、续随子和泡椒洋葱的玻璃瓶子。突然我觉得看到埃及的生态土豆、加利福尼亚的葡萄酒和以色列的茄子绕过地球,嗖嗖嗖地来到了这家超市架子自己的位置上。我猛地看到这些东西的产地,新西兰的猕猴桃,安达卢西亚来的草莓,我看到一条条商路和物流的卡通片,所有的产品后面都拖着尾巴,像云雾室里最小的粒子。在这个架子上,能找到半个世界,谁在这里买东西,谁就不可能是全球化的反对者,我觉得,我又在被良心谴责了,我为什么不自己种水果和蔬菜,而是买来自西班牙南部的西红柿,来自智利或中国的苹果,要不,如果我发现,它们从那么远的地方来,我就不买,因为我不吃旅行得比我还远的东西。

47

尽管我可能是一千次甚至两千次[1]买东西,我还是一再惊讶,这儿什么都有。其实我每天都惊讶,多么巨大而繁复的工作分类,以确保这店里的丰富供货。多么独特,墨西哥的蜜蜂为我采集花露,一个苹果在智利或中国的树上长着,有人为我摘下来。我没办法自己生产一件东西,我不能产蜜,不能抽穗,不能脱粒,不能碾磨,我从不能挤出一升牛奶,尽管我曾到过农庄试过一次——不是州神经科医院边的什么农庄,而是阿尔卑斯山边的明信片式的农庄。我也不会杀猪,不会做香肠,没有超市,也许我会饿死。我也没有院子,院里长着树,上面挂着小小的被虫叮过的苹果,或有几棵蜗牛咬过的包心菜、葱、西红柿,西红柿还是绿的,像我祖父那样放在办公室的暖气片上等它红。[2]而在森林里哪里能找到草莓或覆盆子,我也不知道。

1 有一次我试着计算过,设想我曾一周一次,以前和妈妈或外婆去买东西,而我三十五,几乎三十六岁了,已经35x52回了,无论如何在我的生命中去超市的次数多于去教堂。

2 那时只有那种"西红柿",就是当它还是绿或黄绿的时候就从园子里摘下来。如今在超市里,干的西红柿不算在内,就有七八个不同的品种,有果肉西红柿、樱桃西红柿、蛋形西红柿、鸡尾酒西红柿、生态樱桃西红柿、生态灌木西红柿,还有普通的木本西红柿,有时也还有枣樱桃西红柿,正如名字所说的,扁扁的、像枣子那么大小,可是不太甜。

48

我感觉这购物车像是机动雪橇拉着我穿过一个又一个走廊。这车无声地滑着，可是在外面，在街沿上，会很响，在不平坦的地面上，购物车听起来就像坦克链向前滚着，丁零咣当吱吱嘎嘎发出机械的并无节奏感的噪声，它的强度与地面的状态、与铺石路面接缝的数量及深度有关。一辆购物车上了倒塌的新建筑乐队早先的唱片封面，这并不令人惊讶。在平滑的地面上推一辆购物车，并不难，难的是很多车叠在一起推。在大型购物中心的停车场，调度员要推动整排车，我儿时就很敬佩他们。在机场，他们有时候会用一个小的牵引车，用它分送到达和出发区的行李。[1]

---

[1] 推走一辆购物车差不多就成了社会的弃儿了。在超市附近和停车场推着购物车走着的人，属于边缘人群，算上那些用购物车

装上他们全部家当推着的,还有捡瓶子的,用袋子装不了,还有那些还未拥有自己汽车的半大小子,用购物车装满瓶子到他们酗酒的地方,之后很可能让空了的瓶子就留在那里了。最后的这类,很可能在第二天早晨又被捡瓶子的人收走,重又带回到超市。相反,也有太多的购物车丢失了,防盗装置在一定程度上阻止了这样的现象。有人试图把购物车推离超市过远,轮子的阻塞功能就会开启。尽管如此,还是有不少购物车在我几乎每天看到的风景里:楼道前,地道间,公用电话边,公园,游乐场和停着的车之间,锁扣也总是被毁。

49

我真买对了吗？我买的是对的？我买得公正吗？也许我把不快乐的牛挤出的奶放进了购物车？还是我不拿玻璃瓶装的更好？我要吃的香肠来自于哪头猪，它是不是被注射了抗生素？或者它吃了太多的粮食，这些粮食足以喂饱这世界上的几个人了？还有这产品谁得了多少钱？是公平交易的吗？用的是可再生原材料吗？这产品是可回收的吗？它是碳中和生产的吗？[1]是无氯的？转基因的？是热带木制造的？我最好还是不买它？我不能少了它？我一定要买什么吗？环保意识已经深深夯入我心，我知道，正确的生活方式是较少产生垃圾，或者最好就根本不产生垃圾。环境保护意识，如L所说，是我们的一种新宗教，由此，可以很容易统一起几乎所有的人，甚至是不同的人。就是这么简单：毫无顾忌地摧毁环境是可恶的，对鸟类、蝴蝶、蟾蜍、鲸鱼和枪鱼的保护措施是好的，保护动物和环境的做法顺应我们的未来。可在这儿，在超市我总处于道德的冲突中。其实在汽车行也不例外。仅仅美容术般的改进，如减少包装、避免化肥，这都没什么用，就像汽车虽不再用汽油，但它的电子驱动也只是把问题转移了。当我买东西的时候，我觉得有罪，即便是走进绿色食品店购物或去取公平交易的商品也无济于事。在一个绿色食品店我毫不愧疚地买东西，可与一般基本劣质商品没什么两样——一个对环境的赎罪买卖，对此，我甚至更多得利，因为贵的东西，往往味道更好。食品工业，一如既往，没它不行。

1 有这样的单子，每个人都可以查看，比如说，每杯咖啡释放多少二氧化碳，50到100克，与咖啡产地和热水加热方式有关。一盒西班牙南部的草莓，德国的消费者用442克，一个十卷装的厕所纸2.5公斤、6个装的散养生态蛋超过1100克压在了良心上。其实也许已经没有人能够问心无愧地呼吸了，因为大家知道呼出的每一口气都在释放二氧化碳，每天差不多一公斤。

50

我力不从心,几乎无助地站在面条前,不知道要买哪一种。不同形状的面条都不一样,尽管所有的都是硬面做的,其实味道也是,或许是我自己想象出来的?L有一次说,不同形状的面条吸汤的程度是不同的,因此它就是不同的。在都灵的利德真让人开眼,一个女人的声音突然从后面传过来,在都灵的利德真让人开眼,在都灵的利德有二十多种羊奶酪!这时我才注意到,这个说话的女人,不是跟我说,而是在打电话。她根本不是跟我说的,可惜,我想着,又回过头来看面条。二十多种羊奶酪,——人们怎么知道,该拿哪一种?我从不知道我适合买哪种面条,差不多有四十多种不同的种类。我可能会选,我曾和L一起吃过的,非常细的面条,意大利直面,有些优点,不用煮很久。经常用L的意大利肉面酱配它,用肉末炒久一些,加上汁,看情况,煮得还更久一些,至少两个小时,三或四个小时更好,咕噜咕噜炖着,这样才出味儿。可总有一天我要解放出来,我想,我终于要买另一种面条了,于是我拿了一包蓝黄包装的,我喜欢的,我不知道,我是不是在做梦,它从内到外透着光亮。我将只用奶油、盐和干奶酪配面条吃,由此我在努力,就一次不去想L。我无论如何得试一次。

51

谁或是什么能决定我?我相信,我是一只蜜蜂,一只绕着超市院子飞的蜜蜂,包装盒是我的花,形状和颜色,字迹和气味诱惑着我。气味?可我一点都没闻到,所有的都是包着的。我被训练得对形状、颜色和字迹都有反应,我也许不是完美的,但头等重要的也还是一个可信的消费者,而后,我买我知道的、看中的和一直买过的名牌,我买这些比买那些没有名字的更开心。我的那些名牌还在,L不在了。

52

有一回L在我面前承认,她很长时间,几乎快到大学毕业,她都没有为唇膏和眼影膏付过钱,太贵了,我看都不看。偷这么小的东西不是什么难事儿,那时候这些东西还没有对每样商品都安防盗条码,也没有在每个出口设电子限制。偷衣服挑战大多了——一条裤子里套着一条裤子或一条裙子套在一条长裙子里,就这样得到了最漂亮的东西,在试衣间没有摄像头。相反我从来不善偷。我从来都无法把肉往裤带里塞,它一定会在收银台前后掉出来的。尽管有时会有试一试的念头,悄悄地藏点什么,可我知道,我在偷的东西上很少得到乐趣,我反感这些东西。我从一张光盘上知道,那是一张单曲唱片,我从一个商场带出来的,那时我十二还是十三岁,那可能是一种勇气测试。我们三个人,两个朋友和我,看遍了唱片,所有的乙烯基轧的,在一个唱片部来回转了半个多小时或更久。当我们出来的时候,我让他们大吃一惊,我胳膊下夹着一张单曲唱片。夹在我带着的曲谱复印件之间,它一点都不显眼,我觉得有些尴尬,因为之后还要去音乐学校。我喜欢软细胞乐队的这首《糜烂的爱》——可它一再地提醒我这张唱片是偷来的。直至今日仍如此,不论我在哪里听到它,有一回也在这儿,就在这个超市,我正站在肉类柜台前。之后,像是要弥补,我差不多买了马克·欧蒙的全部唱片。[1]有一次我把这事说给L听,她觉得这事儿一点儿没有什么,她有完全不同的事儿,无论如何她没有告诉我所有的事儿。她至今保留着这样的习惯,盯着没有上锁的自行车,如果发现了一辆,她会观察一会儿,最后,面不改色心不跳地推着,好像只是把它推到旁边似的。她经常宣称,总有一天,要把这些偷的自行车,大多都是女式车,在灯柱边或房墙边靠着的没上锁的,一辆或两辆重新组装——但不知为什么一直没做。它们肯定还在房子里、自行车房里,那儿我已经一年多没去过了。也许被人偷走了。

[1] 如今我所有的音乐都在一个硬盘里,两个朋友给我拷贝了30G的音乐,远远多于我能听的或将要听的。这样看来,我所有的音乐都是偷的。

53

　早先很多店家会在店的前面挂弧形的观察镜,能看到大半个空间,尽管看到的图像缩小了、走样了。它挂在那里,我猜想,实际看到的要小于被监控的感觉。人们得意识到,你的每一个举动,都能被监控。

54

　　我是否每次都能顺利地找到收银台,我不确定。我可以每次都穿过三四个过道转着同样的圈,——逆时针总在成品面条汤料、糖和袋装汤前走过——就是不能,几个小时几天几年,都不能找到收银台。我不担心自己跑错,我这儿什么都有,什么都在这儿。如果让我手里拿一个密封不好的颜料桶来回走,我也许常会把我的踪迹标出来,从上面观察也许能辨认得出,我尽管不这么想,在超市的地板上滴成了大大的字母,它们放在一起或能传达出什么信息,L再也读不到它了。

55

斜对面,在冷柜的另外一面,我看到一个男人,他,尽管不老,可能也就四十多,看上去,好像不久就要死了。不久当然是个相对的时间概念,死,大家都会死的,只不过大部分人,既不能让自己也不能让别人围绕着这件事去思想,这个事实几乎总是被掩盖。所以就会更加惊愕地突然看到:那个此刻弯腰向冰激凌的男人,在他的额头上写着,他一定还就剩几天了,最多活一个星期——可也许他只是显得有些不健康。我还记得,小时候,当我知道所有人的骨骼里都藏着一个死亡的肋骨,我无比震惊。死亡隐藏于我们所有人,我从那时起知道,上面只是覆盖着一点肉,有的人多一点,有的人少一点。[1]

> 1 不久前我去了一家二手办公家具店。那儿接待我的一个男人,消瘦,穿着一件深蓝色带拉链领的粗针织海军毛衣,我一看到他,这听起来似乎很奇特,第一时间想到了圣人,因为他看起来就像

所有圣画中的原型——生命、净化和顿悟在他柔和而坚定的目光里。没有,档案柜我这儿正好没有,他说,这才让我又清醒起来,我踏进的是一个店。

56

而如果我现在自己就是一个机器人或复制品，就像《银翼杀手》中的自动装置？是一个机器人，而他不知道，他是个机器人？如果我作为一个高度发展的机器没有被置入畏惧别的机器的程序？不会是只有像人那样害怕机器人的机器人，才是一个好机器人吧？也许这个午后是一个购物机器人的午后，也把我的忧伤完全编程了？我宁可相信，天使在这过道里游荡，灵魂篮子向前推移着，追逐着熠熠的光亮，沉醉而若狂。我也可能是他们中的一个，不知道，我是什么时候死的或我根本就是不记得了，这儿没有过往，而未来也只到保质期，一个念头，我要归功于L，我感觉，好像她刚这么说过，为了把我从迷醉中唤醒，买你的东西，好像她一直这样脚踏实地似的。

57

　　我听着肉肠类柜台的女人剁排骨，敲大排，可是，我也知道，已经轮到我了。那些切片，在粉色的袋子里隐约显现，在我眼前的购物车里放着，我看见旁边散放着的滚动的柠檬、牛奶、蜂蜜和四个苹果。肉类柜台的店员剁着肉，我现在能看到，一把不锈钢小刀在金属圈边的木头砧板上，她把一块肉从骨头上剔下来。在我牢牢地继续盯着她看时，我发现，我放在大衣口袋里的手发潮了，我拿着纸条放到眼前，想读上面写着什么——可是我却不能分辨自己的字迹。我怎么辨认，这都不是我的购物单，这是一张别的什么单子，写在白纸上的。

58

  我继续滑着,好像我并不知道是在轨道上前行,好像我只能如此,只能这样穿过超市。购物车肯定早就把我看穿了,靠着推杆上的一个高度敏感的传感器,不仅识别了我的指纹,还通过对我手汗的分析,确认了我的激情状态,完全不同于我,可能还由此知道我希望什么或需要什么或除此以外我还要把什么放进购物车里,或我只是路过这里。我猜想,这些过道不起眼的、几乎感觉不到的落差,带着我,像蜿蜒小河上的竹筏,缓缓地引向收银台,那车从我面前游过来,我漂过玩具,漂过积木、漂过布做的动物和可以化妆改发型的娃娃、耳朵和马尾巴一摸就会发亮的芭比马、画了脸形的挖土机。我看到动画片的连锁销售商品,这些与我印象中所有熟悉的动画形象都无关,只是在这个超市的货架上认识的。

59

在买东西的时候,L很喜欢创造她的理论,我记得譬如她的熊理论,这是在经过一个放满布艺小动物的橱窗时,她发现泰迪小熊新近越来越老,越来越瘦,嘴巴越来越尖。泰迪小熊,她说,如果看起来像二十世纪初期那样,耷拉着嘴角病恹恹的脸,就像在故事片里,放逐儿童国主题里的小小的、穿着格子布裙子的细腿姑娘。在她还是小孩子的七十年代,L说,泰迪小熊是胖得多的满月脸,短短的、粗粗的圆嘴巴,向前凸起的肚子总是令人发笑。自然主义的展现,我突然想起,而今只有北极熊受欢迎。[1]

---

[1] 瘦瘦的泰迪熊事实上是战前怀旧的表达,我们在商场的玩具部得到了证实,在我们站着的这个商场的橱窗前。一个深玫瑰色的模特胸前就像奖牌一样挂着一个年代数字1926。在它旁边坐着一个毛茸茸的同类,1903年的。这些熊叫作经典版和修改版,是复

制过去美好时光的典范,像泰迪证书上写的。另一个泰迪熊,强塞进狂欢节化妆服里,掌套上织着它的序列号,让我们想起身体用号码标记的另一种形式。

60

我在玩具后面搁浅了,小河把我推到了岸边,在放影片的架子前停住。这儿有流行的热门电影,只有喜剧、儿童片和战争片能放在这里。L搬出去的那天,我在这里买了一个片子,故事里一个女人总是忘记那个一天前她认识的男人是谁,几乎像在真实的生活里,她必须每天重新认识。在L搬出之前不久,我们还一起去看了电影,我们看到电影的一个场景中,我相信看到了这个我的、那时还是我们的超市。[1]我认出来了,我非常确定,就是这些长长的、放着牛奶和自然酸奶的冷冻柜和冷藏架,可是L并不是那么肯定,那时她已不再倚着我,而是完全笔直地坐着。她说,所有超市看起来可都是一样的。

---

[1] 这种物主代词或者表示物主的代词,就像在小学里学的那样,用在这里也许是不必要或是夸张的。事实上,我所指的在电影

里看到的这个超市,我几乎每天去,反正也没让我太动情,即使L这么说。我只是感到有趣,这个世界、这个大陆、这个国家、这个城市的任何超市,偏偏我的成为这部电影的背景。难道这不意味着什么吗?

61

用我车里尚未处理过的柠檬,我本可以从约瑟夫·博伊斯[1]那里偷的,可以制造一个购物车装置的电源。博伊斯把一条闪亮的铜线插进柠檬,让灯泡亮起来,他把这叫作卡普里果汁电池。如果我有足够的柠檬,可以做一个小马达的电源。可以有柠檬机动购物车,对,特别生态环保——如果这些柠檬不是在加温的温室里成熟的或得从很远的地方运输过来。

---

[1] 约瑟夫·博伊斯(Joseph Beuys,1921—1986),德国著名后现代主义艺术家,以装置与行为艺术创作著称。——译者注

62

也许今天并不是特别的一天,我想,四个超市苹果放一起称正好1000克,一定并不少见。苹果就是照着这个分量种植的,摘下后分类,为了不引起挤压,不是在传输带上,而是漂浮着选的。这个装置,我是在电视里看到的,它们在一个小运河里通过水流浮动,像苹果威尼斯,重量小于250克或大于250克的苹果,就会转弯。照这么看,今天完全是我生活中普通的一天,我走过满是架子的超市,走过罐头梨和香蕉。购物车上的短链条,之后我会用它把购物车扣到别的车上,丁零咣啷,来回摇晃,有时会撞上金属框。

63

我继续滑着,苹果在袋子里来回滚。它们看起来,好像是我刚刚才从树上摘下的,完全不同于过去几十年那种浅色的或绿得刺眼的时尚苹果,而今它们在水果蔬菜部和市场摊子上,出现得少多了,地位也不再那么显赫。我是指那种在新型小区餐厅桌上放在玻璃碗里作点缀和在电视里给牙膏做广告的苹果。好长时间里我都在想,可能事实上那是人造材料或蜡做的,这种苹果一再给了我苹果的理念——如想象苹果的内部结构,很适合一个纯白的设施。我如果想要吃一个苹果,或者要带到学校里,我就走到地下室,从架子板上拿一个,已经有一半烂了,或从哪个院子里的一棵苹果树上摘两三个小苹果,它们常常已经被虫蛀了,住在这些新小区的金发姑娘如苏珊娜·班德或者克丝汀·克庞伯,嘴里绷着牙套,总笑嘻嘻地看着这个世界,穿着思捷或者贝纳通的棕色上衣,以前我去神经科医院停车场边的农庄取牛奶时,要路过她们的家,她们在课间休息时,掏书包,费劲地翻出的是浅绿色的Granny Smith苹果[1]。

1　直到15年以后,我才终于理解了Granny也是苹果的名称的一部分,此前我只知道这是"祖母"一词的缩写。那么多年里我就只觉得这只是一个发音,是外面浅绿,里面白色,通常又硬又酸的苹果的名称。我也不知源于何种灵感突然明白了,这种苹果德文是叫"施密特奶奶"时,我倒是有些晕乎了,这种红脸蛋名字与那些人工培育苹果的光芒根本不配,我知道甲壳虫乐队唱片上有此标志,也在套色彩印的家具目录里看到过,是一种电脑的商标。

64

　　有一次,在一个企业食堂吃饭,这里很注重员工合理的膳食营养,在我的桦树盘里放着一个苹果,上面有一张小粘纸,这倒也没什么特别的。可上面不是标明这个苹果来自哪家店的商标,而是一个网址和一个号码,这引起了我的好奇。我把粘纸从果皮上揭下来,粘在了我的衬衣袖口,后来从我工作的地方得知,那个苹果从阿根廷生态合作园摘下到我吃的那个时刻,不超过十二天。这个合作社三位领导用一篇短文做推介,在一张集体照上,我也许看到了其中某一个人,我注意看所有人的眼睛,一个半星期前是他们摘下了这个苹果,此刻它的蒂还在我手里捏着,在我左手的拇指和食指间来回转着。

65

　　过道前面,一个女人,正弯腰看自选商品,上面放着降价的年历。走近后,我看出,她手里拿着一小幅动物主题年历,封面印着狼。我想象她是要把它挂在厨房或是走廊里,也许她会把它固定在无绳电话底座边,我想:这些狼会看着你,整年。她住的地方,夜晚肯定没有狼在她家周围溜达,也许正是这样,狼才令她喜欢,也许她收集所有与狼有关的东西,因为作为小红帽的她还从没有遇到过狼,但这也可能是胡扯。我想起来,我曾认识一个女人,她收集食盐;其实她不是收集盐,而是盐的包装,里面经常也会还有些盐,她不仅收集很多不同的法语字母的海盐盒子,也收集了很多国内外那些简单的盐的包装盒,上面常常只是印着个法语或西班牙语的"盐"字。有一次我在她的大厨房,看到她放着比利时的、葡萄牙的、南非的、芬兰的和别的一些盐盒子。盐让一切可以保存下来,她对我说,在盐山被掩埋的身体能保存上千年。所以她才收集盐?那时我问。她还有捷克斯洛伐克和东德的盐盒子,她特别自豪。

66

那个拿着狼画年历的女人向收银台方向走去,另一个穿球鞋穿裙子、在果酱过道看到时令我有那么一刻想到L的女人,这会儿正在洗衣粉产品架前站着。我观察着,她如何把小盒子放进她车里。这是个捆绑在一起的双份包装的洗衣片剂,广告叫洗衣片,它只是把洗衣粉按剂量压成一个单位,让人联想起大大的维他命泡腾片。她往前走,我推车到她刚才站的位置。有一瞬间,我感觉到,她刚才呼出的气息还没有完全流动,我想,就在她站的地方她会挤出一个完全真空的空间,好像也不可能。为了转移我自己的注意力,我数着架子上的细软、全毛、全机洗洗衣粉,还有柔软剂,这才让我想起来,我还是一直买L买过的洗衣粉的。难道我不该终于换买另一种洗衣粉了?我之所以这样一直想起她,是因为我的毛巾、我的内衣衬衣、袜子和内裤、我所有的衣服都有她的味道?如果我和另一个女人在一起,比如刚才站在这儿的这位,我们的床闻起来是大婶洗衣粉味儿,就是她刚才放在她车里的——即便有摩登的赠品袋,也还是大婶洗衣粉,我永远不会、梦里也不会把它放进我洗衣机的洗衣粉格子里。这纯虚构的与她的拥抱此时马上就有了些大婶味儿,尽管她还真不是这样的,而正相反,她让我有点儿喜欢,而且还让我想起了L。也许是她选错了洗衣粉,就因为这一点我们之间不会有什么的——我听到我在想,我想,这多荒唐!我还一直在失恋的苦恼中,我一直觉得这不太可能,不会是这样的,那失恋的苦恼,一旦我快要忘记L的时候,就又不断阴险地袭来,让我疲惫。我想过,我已经度过了那段时间,我想过,我不必再一直想着她,毕竟我不再跟着她后面跑了,也好久不给她写信了,不再给她打电话,不再给她发短信,我自己想象,我可以又走进我们相遇的文具店,那回,在我们七八年没见面之后。她跟我说话,她说,我们可能还是一起上的大学,尽管我不记得了。我不记得了,可装着还记得,因为我喜欢她。甚至非常喜欢,因为我刚买了本日历,我问她的生日,并记在了这本新的还是完全空白的日历上。

67

　　如果我早几年认识刚才站在旁边的这个女人,也许我会习惯大婶肥皂粉的味儿,她把一段真空留在超市的空气里。也许我们会相爱,我可能根本不知道L与L的肥皂粉味儿,也许我此刻也不会站在这洗涤用品前,希望所有的洗衣粉盒成为泡沫山脉,穿过一个个过道,漫过一个个架子,耸立而起,直到它把我和这个购物中心埋在下面——超市的泡沫灾难,这将是新闻头条,我很乐意在报上读到。

68

我觉得,死神在我旁边推着它的购物车。它把取走的生命放进车里。在收银台,它不必付账。

69

我知道,L不再在这儿买东西了,已经很久没有了,尽管我一直想着她,但感觉到,她好像是来自于另一个时代,一个过去了的、一片陌生的大陆上一个半遗忘的王国。我继续走着,在一个连裤袜架子前面停下[1],注意到大部分肉色连裤袜样品套在腿模子上,袜套外的脚都向着超市天花板伸展着。在袜套上,我读到时尚金牌长筒袜,超炫色彩,萨斯吉雅丝滑, 这些长筒袜看起来像是假肢,缺乏固定器械,连裤袜样品在袜子下打了结,这样就很平滑也不透明,能绷在形态自然完美的模特模型上——不透明,在这里显然是质量的体现。L可以围着连裤袜个把小时,从没有比买连裤袜更专心的,不是在这儿,不是,是在另一个商店,那儿有细纱的防脱丝网织连裤袜或羊毛与丝混织的样品,L认为很容易磨坏的,除非织得很密[2]。

1　难道真会有粗制连裤袜吗？粗制洗衣粉？粗制饼干和粗制糕点？实际上是有粗的肉末和肝肠的。香肠好像还真不能太精细，这粗制的部分是肠的魅力所在，粗制的萨拉米肠那白色的肥肉让肠更加地有了天然的意大利风味儿，可以卖得比碎玫瑰色的细萨拉米肠更贵，那种肠总让人想起它的塑料包装，肠得从里面剥出来。

2　尼龙连裤袜，在我注意女人的腿之前，我是把它当强盗的伪装面具来看的。电视里抢银行的都把它套在头上，不让人认出来，但看起来都很蠢，总也因此会被人很快抓住。我叔叔总是拿我婶婶的旧丝袜当鞋盒的绑带，鞋盒里放着他年轻时收集的几乎所有的政治广告、传单、檄文，他把他的资料叫纸盒艺术廊，他有几百个这样的盒子。

70

　　连裤袜的后面放着超市香水,亚尼娜、可可、露露,它们的专属名字。一款按体育用品公司命名的男用香水一边,能看到一个没有毛发的训练有素的男性上身,从包装的字迹上,我能辨认出有香水、除嗅剂和须后液。我一下觉得,好像闻到了什么,好像这儿有臭味,好像有什么发霉了,同时我知道,这儿根本不会臭,所有的都是封闭的,都是密封好了的,我既闻不到苹果-杏子酱,也闻不到可可或格雷伯爵红茶,闻不到香菜,一切都是真空包装或者在瓶子里冷冻着的。只是有一样,是无法避免的,附近有新鲜鱼类和奶酪柜台,还有水果蔬菜摊,气味从那里扑鼻而来。就连新磨的咖啡也闻不到,尽管如此,超市有一种气味,我的超市闻起来不同于我偶尔会去的其他的超市,这儿更好闻,我想,也许也只是更信任。

71

我在想,如果能这样该有多好啊:我现在就站在一个摊子前,能买到从前的味道和度假的香味,普罗旺斯的夏日,苏尔特岛的海盐风,阿尔卑斯山坡的青草,外婆的味道,初中体育课后教室的气息,土豆地窖的霉味,婴儿的奶嗅和青春期第一个男/女朋友的味儿。我很后悔,我没有了那些有L气味的东西,她的香气散发掉了。好像我能闻到她,她几乎就又在这里了,可惜我没做香味取样,把它放进密封瓶里,就像东德国家安全部喜欢做的那样,很系统地,只要当某种情况发生,就让猎犬闻某人的气味。一个地下室,有着上千只密封着沾着某人气味的汗衫和其他一些东西的密闭瓶,这会是多么阴森的景象。

72

在过道中间一个特殊商品台上,我看见一个下面宽、向上逐渐变细的特别的瓶子,上面有一个大的白色密封盖。我知道这种水果糖浆瓶,这种盖子是用来作量杯的,只是我可能二十五年或许更久没有看到过了。我站在一个僵尸前面,一个不死的商标,现在又想回来,好像它从没有离开过,我可不上这种套近乎的圈套。我记得,对这种带微型量杯的瓶盖,我常常喜欢用拇指指甲顺着槽划,大多时候,在用了一次以后,里面的螺纹就和下面的边粘到了一起。奇特的是,我还记得这种糖浆的黏性,而不记得这种糖浆兑水冲稀后的味道了,盖子和瓶颈一定都被弄得黏糊糊的,像那些由不同厂商采用浅蓝或粉色的柔软剂瓶子一样,都曾用盖子当量杯,而且还一直在这么做。在我们的地下室的洗衣间——毛巾、洗澡毛巾、浴袍、床罩是用柔软剂漂的——柔软剂总是放在一个旁边带把手的塑料桶里,很容易拿住,很容易倒出或端着。我喜欢把这些没有坏掉的瓶子放到河岸或沙滩上,像风景画颜料瓶,如在广告里那般落下,我看着它落下,在泰迪小熊又出现之前,落在一堆漂软了的毛巾上,沉下去。多么美好的记忆!我记得柔软剂的广告电影,可在我自己的生活中还没买过,L也没有买过,想都没想过,要把东西漂软,相反,她喜欢洗得硬硬的毛巾,她喜欢在擦干身体时的摩擦,她认为这样对皮肤更好,另外,柔软剂的味儿,尽管我从未注意过,是一个社会圈里的风向标,在一定的教育水准上,是会受到鄙视的,在最顶级的环保前卫们的圈子里,大家根本就不用洗衣粉,而是用所谓的可持续使用的印度进口的洗涤果子,能多次使用,能像任何一种洗衣粉一样洗得干净。不过,西方环保时髦人士对这种来自于印度的洗衣果子的需求越来越大,导致其价格高到当地农村的居民现在也已经转而去使用常规的最终甚至是无磷的洗衣粉了,L跟我解释说。

73

不久之前,我看到一个电动碎冰机,我马上本能地问,我的生活会不会因为买了这样的东西而完全改变。直到不久前我都还不知道,我缺这么一个碎冰机,可当我看着L和我手拿莫吉托鸡尾酒在游艇的甲板上,看着我们在棕榈树下,看着我们在巨大的屋顶阳台上,在沙滩上,这新的碎冰机,像美好生活的吉祥物总是出现在画面中。在超市的台子上,甘蔗酒就放在旁边,我真想立马喝个酩酊大醉。一次,L站在特别商品台的一堆洗衣机罩前跟我解释说,有这么一个洗衣机罩对洗衣机特别好,洗衣机在长时间洗涤停歇的时候不会冷却。一般来说,她说,洗衣机有30°、60°、95°热水,如果没有罩的话,使用期间可能会冷却,甚至变冷水。洗衣机毛织罩还有积极的附带作用,可以放心地把柔软剂瓶子或隐形眼镜药水瓶放在洗衣机的台面上,如此一来,即便洗衣机甩干转动的时候,放在毛织物上的东西也不会跟着滑动,另外,她说,一个带罩的洗衣机磨损少,比如可以避免一顶帽子或是一件可机洗的浴衣划伤。也许洗衣机罩的使用者也有心,给为他们洗衣服的洗衣机穿上点什么,让它看看是什么样的感觉,我想到这些的这一刻,回忆着L跟我说话的细节。那次她还说,但也许是我凭空想象的,一个洗衣机罩要在颜色上和厕所的马桶罩、浴帘相配,暗红、奶黄或橘色,这会让一个卫生间马上变得更安逸更舒服,最关键的,你常光光地站在浴室里,你应该感觉周围毛茸茸的。拿一个吧,她试着说服我,笑着。

74

在我和 L 都被邀请参加的最后一个婚礼上,我们笑那对新人的礼品桌,上面堆放着差不多三十来种不同的家用电器。婚庆在海边的一个城堡废墟里举行,这与那么多的电器毫不相配,新娘是 L 的一位同事。我们想象,她和她的丈夫,L 说认识他,但不太熟,是一个儿童书作家——漂亮却无趣,L 说,现在他们要用这所有的机器度过余生了,的确,看上去他们的婚姻就是要共同使用这些机器并把它们用完,不带吸尘袋的吸尘器、油炸锅、制冰机、煮蛋器、榨汁机,还有一台可以超 16 帕工作的全自动咖啡机,新郎不知疲倦地解释着。两年半之后,这一对离婚了,我承认,这让我多少感觉到些安慰。唉,我想到了,连他们也没做到,尽管他们想永远在一起,看上去也是天生的一对。那个女的,这期间已不再是 L 的同事了,带着一个女儿搬回了她父母家,我觉得很特别,那男的在网上通过交友网站认识了一个新女朋友。从知道这以后,我数了一下,确认,那次与我和 L 一起参加婚礼的七对里有五对离婚了或分居了。我们没有给他们带去幸运?

75

为什么我只是一再地买东西？我梦想着有一天,我拥有一切,不再需要什么,因为我已经买了所有的东西,都办妥了,购物单子上不再有什么了。这一天很遥远,我猜想,永远不会到来。[1]我还得继续买,继续写条子,写上类似于吸尘器袋子,记复杂的系列号,我还没用过无袋的吸尘器,用的是每过几年我就得为它购买一大包牛皮纸袋的吸尘器,上一次我找了四家店,最近一次我就干脆在网上订了。我得一直买东西,一直花钱,可是要知道,消费是公民的义务,自从我读到一张政府的宣传单,上面有两个笑着的年轻人拿着很多装得满满的精品店的袋子的图,我就明白了这一点。有很多袋子,多到他俩拿不了,可这一对还是在摄影机前带着极乐而筋疲力竭的购物后之笑笑着。我几乎可以认为,这张摄影家完成得很好的照片的背景,似乎真是两个人刚刚购物回来,而不是整天在摄影棚里待着的,画面上显示的这一刻让人信以为真。

1 尽管我梦想着这一天,我什么都有了,不再需要什么了,可另一方面,我也怕这天的到来,因为,既没有什么可买的了钱也不值钱了,我也什么都没有了,既没了银行卡,信用卡也不起作用了。有一回,我梦见,我的电话留言机留了消息:很遗憾,您买的东西过少,您不再被允许参与,您出局了。其他的,我没明白。

76

我该被引诱吗？也许我真的需要一个碎冰机？我不是会更经常地手拿鸡尾酒坐在想象中的游艇甲板上？我需要芒果叉吗？一把奶油刀？奇怪，我总是一再地，会对每周新的特价和特殊商品感兴趣。我一直还抱有也许还能过另一种生活的幻想，我的存在会更方便更舒服更美好的希望，仍很活跃，也许四个涂铬的炉罩或是一套家用剪刀或是一根冰酒棒？像一个孩子那样，我对能让我生活更好的特价商品感到高兴，我对自己毫不掩饰地谈论商品的能量和信心感到高兴。它们让我相信，至少在短期内，好像一切会越来越好。

77

L经常说,她总有一天要买一个购物轮滑,她叫它脚后跟保时捷。我在架子上看到的样品,甚至可以登台阶,它配有一个登高装置,一个小的补充轮滑。突然间,我想起了那个漂亮的威尼斯女人,我看到她拉着这样的一个购物轮滑骄傲地穿过威尼斯,也就是在那儿,我惊奇地发现,不是所有人都开着船买东西。她自信而熟练地拉着它穿过小巷,上桥下桥,我跟了她一段,为了这一天不再第三次被L引进博物馆,还发现,穿红靴子的威尼斯女人也得买像卫生纸这样的日常东西。她们在没有交通标记的通向圣马可广场的羊肠小道间移动,手里推着空的购物小车——这天是救世主日,她们现在要迎接救世主,这天晚上会举办焰火晚会,——驶向一个她们能找到的隐秘的超市,之后装上东西,满满地飞出来,就好像蜜蜂,只是蜜蜂是反过来的。

78

　　我从不在超市买化妆卫生用品,因为我不想把这些东西放在购物车的香肠、柠檬和蜂蜜旁边,[1]这里,浅绿-浅蓝的马桶刷和厕所的池盆很相配,这个色调令人愉悦,在旁边还有白色的马桶刷,有塑料杆式的,也有用透明薄膜包着的。可能马桶刷的制造者就是怕他们的产品会变脏,所以,马桶刷要又干净又白,像少女般纯洁。有一次在威尼斯,特别热,我很渴,站在一个橱窗前,看到一个名叫奥西恩的马桶刷。那是很有神秘色彩的黑亮的材料做的,要171欧元。弗拉里广场小店里陈列着的其他马桶刷——有一个用白色镀铬、另一个是用小猫图形装饰的——,看起来根本不像是马桶刷,而是装饰成达尔马提亚葡萄酒或基安蒂葡萄酒瓶。有一派马桶刷设计者遵循矫饰派原则,藏起了刷子及其功用,比如把把手弄得像一个放大的铅笔和橡皮。另一派,唯美主义的——我在那里学到的,紧邻弗拉里教堂,我本来想去欣赏提香的《圣母升天》,可教堂关门了——,刷子也同样做成了艺术品。我想起了穆拉诺的一个马桶刷子雕塑,它有一个天鹅颈形状的柔和弯转的镀银长把手,半透明的刷子托。威尼斯风格的马桶刷,我后来知道,有很多细小的差别,我并不肯定,这个橱窗是不是因为双年展而布置的。但无论如何,弗拉里广场那个经典的马桶刷还是实现了最佳的目标,最终它发挥了十分高效的魔力,去抵挡贡多拉船,《威尼斯之死》和里亚托市场上俗媚的商品。

> 1 好像不仅是我这样,很多顾客也这样分购物区域。否则怎么会在超市的旁边有这么多的日用品店存在呢?

79

　　这巨大的马桶刷不太能迷惑我,我更加赞赏让我很久以来就感兴趣的潮湿擦拭系统。它有电动感应杆,上面有一个半圆形的擦拭头,带不同香味的预潮湿的独特擦布。这种布是并未做详细说明的微纤维构成的,能吸附灰尘和最细小的脏东西,这些布可以夹起来使用,或套在擦拭头上用,还专门为此安了个夹板。与此相比,以前绑在木制长柄地板刷上的抹布要寒碜得多,长柄经常脱落。不过,遇到清理地上比较多的脏东西和碎片时,它还是很有用的,就像普通的手持扫把和簸箕一样。我根本无法解释,我为什么对湿的擦拭系统感兴趣,为什么觉得簸箕好看,它们如今多是耐摔的塑料而不是铁皮做的了,也许是我自己转移注意力的方式,我把一个个近镜头都关掉,就是为了不要看到整个全景。[1]

1 有时候会有这样的情况,我会对传统的或过时的产品产生同情,同情,这其实是不合适的,因为我无法肯定,是否在一个特别土气的、自制的或不专业的包装后面不是一个狡猾的市场营销策略。有些产品看起来是教会或慈善集市来的,在所有大批量采购的优质产品中显得与众不同,让人喜欢——比如像酸奶,上面只写着"酸奶",或那些由据说是修女在她们教团的最后的修道院里照古老配方做的,贴着手写的标签。

80

超市的架子有热区和冷区,底下,我得弯腰或跪下才能看到那是些什么东西,就是所谓的死区。放在那里的大多是些罐装去皮的西红柿,它们的价格差不多只是摆在架子上方齐眼高处的四分之一。便宜的罐装西红柿总会被卖出去的,但那些标签上有漂亮图形的贵的西红柿和那些数量不多筛选过的生态西红柿却要展示出来。今天我不需要西红柿,不用选择,也就免了进退两难的境地。

81

顾客没兴趣的货品,就得从架子上消失,卖得不好的东西,也要被清出供货目录。超市是一个货物和品牌的博物馆,它们保持着最贴近时代的展览空间。一个艺术家只要把所有的东西套上一层薄薄的蜡层,然后就等着,直到超市周围生长出一堵高高的穿不过的荆棘树篱笆墙,那么在二十年后就会出现有关过去了的这个时代的蜡塑,这儿横竖放着的是我们生活使用和赖以生存的一切。更有意思的当然是,如果一个超市能像庞贝城那样被火山爆发时的火山灰埋葬,两千年之后又被挖掘出来,未来的考古学家会很激动,因为可以预见,不久就根本没有超市了。不久我要的一切都从家里或办公室订,——正如那回我在晚会上碰到的那个男人所做的。我之所以记得他,就是因为他信誓旦旦地说,他已经三年没进任何超市了,他在网上订购所有的东西,只有在紧迫的时候,他才会到那些越南人开的全时制店或加油站去救救急。我不信他任何话,也许,我想,他这么做,是有意显得他很忙,因为他早就被辞退了,他漫长而忧伤的上下午是在建材市场、购物中心还有这些地方的停车场度过的,只是他不想被妻子发觉,自己已经没有工作了。

82

在很久以前,我还是个中学生,我参与过两三次盘存工作,一次,我在一个商场电器部数吐司面包机、咖啡机和灯泡,给每一类商品贴上写着数量的小纸条;还有一次,我在一个建材市场的园林中心数剪树剪刀、铁锹,并写报告,做所谓的抽样盘存。那个建材市场就坐落在墓地旁边。

83

自从L不在了,我常常忘记,我就根本不再想着把牙膏盖拧上。我们住一起的时候,我一直注意把牙膏盖拧上的,但我也并不肯定,我这么做,是不是因为对我自己就很重要,我不想在牙膏管口的外面结一层烦人的堵塞物,之后我要把它挤掉甚至把它抠出来,或者我只是想让L印象深刻,我是一个很规矩、很可靠的人,她总是会想着拧好牙膏口的盖子。当我盖上盖子的时候,我会问自己,虽不是每次,但还是很经常地,我假装每天早晚拧紧牙膏盖,我仅仅是为她为L而做,还是真的想保护牙膏,生怕牙膏干了。自从L不在了,我发现牙膏经常不盖,也许我开着它,只是为了能听到她声音的回音,她开始是请求,最后是警告,拧上牙膏盖,拧上牙膏盖呀,她一再说,尽管不是我,而是她打开了我们的牙膏盖。无论如何,大部分时候,她只是感觉不到。

84

我眼前的架子上有几管牙膏,赤裸裸的,就是说没有保护盒了。如果我是一管牙膏,我一定更愿意有盒子装着,不至于像是在店里谁都可以压来压去的,好像拍拍西瓜是不是熟了。就像薄绵纸包着的橘子一样,有盒子的软管看起来也更值钱,我记得,就在前几年,在我看来有点走回头路,没有纸盒子包装的牙膏突然出现在店里了——要少一点包装,这就是给出的理由。其实,不再使用纸盒的原因可能是软管的材料从原来的金属换成了现在的塑料,不再需要防止牙膏变形的保护盒了。我觉得,有很长一段时间,几乎没有保护纸盒了,可不知何时它们又回来了,也许是因为需要在纸盒子上注明那些听上去非常高科技的承诺。剃须霜一直到现在都还是用纸盒包装,因为管子是金属的,——就像胶水管,人们为了让胶水出来,把它挤进凹槽,越是卷上或打开得多,螺旋盖就越常被玻璃状的胶水封住开口,而管子的其他部位形成一两个甚至更多的小口子,胶水从这些口子里似泉水般涌出来。塑料做的牙膏管就不会出现这种情况。[1]

[1] 我从来都不是牙膏忠粉。开始是"信号",后来用"在早上也能用力咬"的牙膏药物强光,再后来是高露洁,是阿尤纳:一种小小的管子只要用一点点,广告说豌豆粒大小就够了。每次用它,或是浪费或是根本就不想刷牙,我就挤出几个厘米到洗脸池,然后冲掉。再后来用艾美克斯和它不太有成就的双胞胎妹妹阿罗娜,尽管它们是同时发明的,早上用一个,晚上用另一个,或者反之。有一段时间,这是模式,也激励我用的牙膏,不再是无聊的白色或白的掺着红或蓝条子的牙膏,而是透明的蓝宝石般的牙膏从管子里出来。我相信,同时,作为成年人,我不想承认,但有时也这样做,那种也叫胶的东西,软软的,往头发里面抹。后来药物牙膏代替了,不久,市场上又出现了草药牙膏。我也用美白牙膏,有段时间我只买生态牙膏,只为了博得进我卫生间的女性客人的芳心;金盏草和海盐牙膏一定是不利的,几乎令人羞愧,因为我从小就习惯了,从来都觉得用生态的牙膏刷牙刷不干净。

85

继续走,来到咖啡机的展区,这儿的几个架子被独特的灯光照着,被装饰成了一个店内店。一套优惠价的不锈钢锅,还有一个铬做的奶泡器,我也曾经有过,现在或许还有。它由一个细细的缸子和盖子,还有一个与缸子连接一起的精巧的滤网组成,穿过盖子的小棍可以上下搅动。照捣碎奶油的做法,也可以产生奶制泡沫来,不过,我很长时间没这么做了,而且也很久没看见过奶泡机了。其实就用了两次,第一次,它还是新的,第二次用是和 L 再次见面时,她跟着到我这里来,我试图给她留下深刻印象。我站在炉子边,用滤网很快地上下搅拌着热牛奶,你就这样制出漂亮的白泡沫! L 说着,笑着,稍后却表示,为我你不必这么做,我根本就不喜欢牛奶。就这样,用铬制泡沫器弄奶泡的事儿算就此了结了。看着光照明亮的架子上无咖啡因咖啡旁边的那套不锈钢锅,我经常自问,会不会有一天,也许下一次战争,还会有收集铁制品的行动,最后要把那些镀铬的钢铁制品——所有不生锈的卫生间垃圾桶、炉灶盖儿、汽酒冰桶、蛋糕垫和毛巾架,——都熔化掉。我的外婆反反复复地说过,战争期间搞有色金属收集活动时她为了最后的胜利把锡制剪刀和铜平底锅都捐出去了,可胜利久等不来。一切都被狂热的希特勒青年团团员弄走了,甚至教堂的钟都一起化了,加工成战争器具,让战争再延续得稍久一点。在英国,至今还可以看见有铁栅栏残留的墙,原先——从前,战前,如我外婆一直说的,这是她最常用的时间概念——墙上是高高的铁栅栏。英国所有铁栅栏都锯下来是否够半条战列艇?造两条?今天如果先把所有的购物车熔化了,应该就够了。

86

　　我又看了看表,确定指针也是在转着的,现在我可以认出时间,四点十分,但,不可能是四点十分啊,我可是已经几个小时甚至已经几天在这里了,超市是一直开着的,二十四小时,睡过头忘了打烊时间,几乎已经不可能了,像早先,在商店营业时间法松动之前常常发生的那样。在不是长周六的周六,那时是个问题。每个月初的第一个周六是长周末,商店准许开到晚上六点,不必在下午一点或两点就关门,其他几个周六中午关门,所以就时常会发生,——放在今天是难以想象的——我站在已经关上的商店门前,摇呀敲呀,却徒劳无获。

87

也许我只是在梦里到了这个超市,也许浮现在我脑海里的一切都是梦想着的,也许我就是那些生活伴侣中的一个,在我之前没有注意到的某个角落,在营养盆里打着盹儿,也许已经有谁把我买了出去,给我注入了那些记忆,如作为一对伴侣去参加婚礼和去威尼斯旅行。L一直想着,特别是在冬天,一定去晒太阳,去兰萨罗特岛或富埃特文图拉岛,全程包的,或在一个度假公寓里,去那些岛上,我根本不记得这些岛了,也许她会回来,说出个什么暗号来,也许我就能想起来了,又作为一个好伴侣,一个乐于帮助人的丈夫和男友,每天去办公室,晚上情绪很好地回家。作为一个她可以依赖的人。

88

我从一个商店装修商的业务目录上得知,一个货架子的齐眉之处,叫船头,属于一个超市最畅销的售货区。厂商要提供特殊条件和赠品,才能够在这个位置陈列他们的商品。我前面这架子的船头上,陈列着一种饼干的新品种,它的牌子,我可以说,我早就熟悉了,现在以另一种引人注目的包装呈现出来。这种饼干的改进之处是把原先带齿边的简单的奶油饼干变成了中间填充牛奶糊、半边是巧克力的三明治结构,现在是作为单独包装的点心上市,我猜想,这是要与传统名牌的巧克力条发起竞争。同样是干干粉粉的饼干总要再有新发明,但到了嘴里也总是会转变成一堆黏糊糊的东西,粘在上下臼齿的外侧上,我很少能简单地用舌尖把它弄下来,更多情况下我得用我的食指抠进颊囊里。我不知道,为什么此刻我会想起巴西饼干,我是在一家布加勒斯特超市连锁店安斯特买的。我被一个和人一般大小的纸箱绊了个趔趄,它上面展示着包装呈亮黄色的各式饼干,我此前从没见过的，拿一盒在手里，来回转着，觉得自己是一个发现者。它是罗马尼亚的产品，那我怎么会不知道这种饼干？我还是去过几家布加勒斯特商店和超市的，我想着，仔细研究包装上的字，当我查看出来，这饼干是在圣保罗生产和包装的，我惊叹不已。在罗马尼亚有巴西饼干？我买了一包，不仅是因为这一点，还因为我从未吃过巴西饼干，还因为，我想知道，它是不是真这么好，值得从圣保罗运到这里来。我不记得我当时给了什么评价。海之卷在布加勒斯特的烘焙店里卖，常常是从烤箱里拿出来，就在开着的窗口卖，这样的一个苹果派，当然要好吃得多，我总在L面前赞不绝口。

89

要是有一个电子的带导航作用的购物助手，它会告诉我，我还缺什么，我该把我那有着巨大需求还空空如也的购物车推向哪里。可现在我可能得转圈到日落，还错过我非常需要的东西。我是要在这个超市受惩罚吗？如果是，为什么？我不够友好？我曾卑鄙？我不知道是否继续，不知道该推到哪个架子前，像雷达发明之前的战船那么盲目地在重重迷雾包围之中穿行。我的车什么也不对我说，这是多么令人失望啊！它不给我任何购物指导，它也从不注意我昨天、上周或去年买了什么。我网店边缘那小小的购物车却知道一切，它记得我订过的每一本书，电动牙刷和羽绒枕头。给我的感觉是，好像有人准确知道我要什么，我还会对什么感兴趣，给我咨讯，也告诉我别人对我了解多少。别人知道，我多大年纪，我住在哪儿，我大概挣多少，透过我名字和住址能分析出我大概是什么样的教育程度，也许还会知道，我是否喜欢吃袋装土豆泥、鱼条，还是其他的冰冻鱼，或者我是否买冷冻的食物,分装的奶酪或是喜欢吃哪种酸奶,我每天读书几分钟,还有坐在电脑前多长时间,是否在担心养老问题,我是否在期待一个好的床垫,我多久开一次洗衣机,是否用柔顺剂等等。

90

我的购物车继续往前滑行,我觉得,无法控制地感觉到,我在被人跟踪。我转过身来,没看到人。尽管如此,毫不置疑,有一个人跟在我后面。有一回有个熟人跟我说,在一些超市和购物中心,有所谓的跟踪者在工作,要描绘生意的精确路线和记录下在哪个架子前待了多长时间,哪些商品要仔细查看,哪些商品不放回原位而切实放进了购物车。为了摆脱跟踪者,我边走边不断地变换方向,在两处拐角转弯,把购物车推到玩具处,推过创可贴和棉签,继续推向腌黄瓜。有那么个监控装置,可以把我的运动轨迹和其他储存的数据相比较吗?它还会辨认出我吗?也许它会对我的来回变动率感到吃惊?会辨认出一个偷窃者不典型的偶然的运动模式吗?一套运动轨迹辨认装置对跳着舞的顾客和店员会怎么反应呢?也许这儿有这样的装置,能在完全不引人注目的距离内测量出脑电流,因此能测定大脑的活动和某些商品对我的刺激度?这些架子已经装上了隐藏的摄像头,那些摄像头，我知道有这样的，是记录一个人看这个架子多久，甚至由此还可以推断出，这是为了一个女人还是男人？上面那伟大的摄像头可以看见一切并记录下我为自己买了什么？

91

　　第二号退货收银台,一个声音在我头顶上响起,然后是轻柔的超市音乐,音乐带,我整个时间都没注意到,此刻更加轻了,好像是从隔离墙或是顶上隔断层穿透过来,我显然还从来没有向上看过,那上面裸露着长长的双排尼龙管,白色的光带,布满整个卖场。架子上挂着纸板做的红色价签,像交通叫停信号一样从盒子里伸出来,在过道穿堂风中来回飘,它们招呼着我,对我说,买这个产品,而且你还省钱了。还是从上边用细细的几乎看不见的透明绳子固定住的,总是用售货指示牌指着售货处,像是一个个经文匣,对我来说,就是这儿卖电池,那儿卖面食,后面是甜食,再往前一点是书写用品。第二号退货收银台,头顶的声音重复着,我看了看周围,突然意识到,这儿色彩太丰富了。我周围的这些架子整个是一片模糊的色彩海洋,真应该画一幅超市点彩画,这样的一幅画一定让我喜欢的,旁边总是放着两个三个或是四个同样的包装盒或者瓶子、罐头,其中有一些我熟悉的,显得很突出,即便是我在水里没有潜水镜也马上能辨认出它来。架子上的商品都是好几份,图案款式重复让眼睛平静,我知道,我可以放心,在架子第一排的后面总还有四个五个或更多的盒子或瓶子或罐头摆着,其实我是在一个大仓库里走着,还有,可以放心的是,有足够的东西在。即使我没法把所有的东西往家里搬,我也不会饿着。

92

在生命终结的时候,买进的那些东西还会剩余吗？空了的果酱瓶,没有扔进旧瓶桶的,为某个目的又捡起来了？袋子里包火腿的纸,洗过的酸奶盒盖？一些上面记着什么时候在哪里买了什么的付账单？

93

我敢肯定,会有一天,我的购物车自己就会开走的,我会站在后轮之间的一个小踏板上被运送过一个个过道。也可能在某个地方早已经有了,给走路有困难的人或退休老人用的自动驾驶购物车。结构应该和滑板那样的童车装置接近,上面是三四岁的孩子,还太小或太懒得走路,愿和更小的兄弟姐妹们一起被推着走。一个会自动驾驶的、一起思想的、更聪明的购物车可以用一个女人的声音在入口处跟我打招呼,会叫我的名字,会在超市里引导我,汽车里的导航系统已经让人习惯了这些。它会带我到真感兴趣的优惠商品前,会提醒我,比如说我缺咖啡滤纸了,因为它会注意到离上次购买已经有多久了,然后会算出来,什么时候用完了。[1] 未来的购物车,有可能即刻会辨认出我放进车里的东西,会读条形码,因为它们携带着小型发送器,会显示出粘在上面的这个产品的一切。也许我自己耳朵里会戴一个接收器,也许我用它能听得到一个芒果的话,我是一个芒果,我来自于泰国,摘下来五天了。也许它说话的时候声音里甚至还带着来自于远东亚洲的振动或者还带着南海的口音,让我眼前马上浮现出一位画家高更。也许我会因这个接收器听到牛奶在说话,我是你的牛奶,我从生态山庄的奥米勒家族农庄来,是一头叫阿尔玛的牛产的,可我怀疑,我是不是真需要了解这么详细。

1 我再也不必用厨房纸或卫生纸来凑合当咖啡滤纸用了,难,但不是不可能。

94

　　突然一个化妆很浓的老太太走过来问我,在哪里能找到油。油?我无法马上回答她,因为我正盯着她脖子上五六串打了结的珍珠项链和她松散搭在脖子上的女式领带出神。食用油?我抬起手,指向后面,油就在那后面向左,我觉得,或者就在过道的旁边。尽管不是准确的回答,她还是热情地谢我,由此我听出,她好像是俄罗斯人,也许她不常来这个超市。我想起来,L总是笑话我找人问路时的无能。我从不想向一个不认识的人问食用油的事,而是宁可走过或推车错过目标四五趟后,再来问路。我们一起走在路上的时候,一定是L负责问路,大多时候都会得到很友好的回答。你像是个小宝宝,她嘲讽我说,我倒是不太在意她说这些,小宝宝总是有或者会找到某人去照顾他,而且,不也是L先和我说话的吗?那次,在文具店,她宣称,我们曾一起上学读书。她自己讨厌,在店里营业员过来和她说话,她不想让人帮她,她一直觉得那样就像被抓住了一样。她更喜欢不引人注目不被打扰地在服装店和合适的商场里的某个部门逛几个小时。如果说她就是需要这么久,那就不对了,她更多的是在享受这几个小时,是一种禅修的形式。

95

那个找食用油的俄国女人,向后面的过道走了。我顺着她的方向瞥了一眼,看到货架子较大距离间隔的水泥支柱间有一个我不认识的装置。一个小标牌透露出,是条码扫描仪。为了试试,我按图示的建议拿着牛奶,放到红外线扫描仪下,显示屏上显示出,手里拿着的这盒生态全脂牛奶每升多少钱,就如我已经知道的那样。当我把牛奶盒放回购物车的时候,我注意到奶盒边框上的保质期,刚才在冷藏架上时,我根本就没注意检查,通常我从不会忘记看。我欣慰地确定,我还有几天时间,去喝完这盒奶,到四月二十二日。我想起来,这是一种病,想起两三年前的四月二十二日,和 L 在西班牙旅行途中,在一辆租来的车上,她想开这辆车去某一个山村,她是从西班牙五千多个山村里选出来的。那天是她的生日,在她脑子里想着,这一天,就在那儿,在这样一堆半没落的石屋里度过。但我们可怕地搞错了路线,是我的错,为什么不是呢?[1]

1 就在这次旅行中,我们一起用在一家西班牙药店里买的测孕计,确认她怀孕了。之后,她说,我本该可以劝说她要这个孩子的,至少她从没有印象我一定要成为一个父亲。我的印象却是,她从一开始就完全是另外的想法。她总在说,不,我可不,我不想要孩子,想也别想。

96

　　有时候我希望,我可以什么都不要地生活,我不需要拥有冰箱,果酱经常长毛,我不需要衣柜,里面有很多从不穿的东西,我不必有沙发,我也只是晚上用来睡觉的,我可以没有太重的电视没有画册没有那些记不清的展会介绍。我也不要存储仓库,我是个小松鼠吗?L就喜欢这样做。如果有这个那个特价,她会买四包意大利面五罐意大利浓缩咖啡,她成堆地买橄榄油和米,买四瓶洗发香波,五瓶果酱,十二包麦片,还有五六包放在厨房的柜子顶上积灰,给饥荒年间留的,谁知道呢,也许不久还真就会来。有一次我读到,在一个男人的屋子里存了三百包肉末,让它腐烂着。之所以被发现,是因为三百包当然冰箱里放不下,可怕的臭气,好像对他没什么影响。在房间旁边发现有卫生纸,整个房间是满满的,成千卷,堆到了天花板上,够他用一辈子的。

97

自从 L 不在,在我的屋里只有带押金的空瓶子堆积着。今天我又没带上空瓶子,不必去隐在超市角落成堆的饮料塔间的自动退瓶机那儿了。自动化退空瓶,真是帮了我了;过去的时光我不怀念,在按响传递窗口旁的铃之后,必须亲自把空瓶子和饮料箱交给一个通常是年轻男人或一个不太年轻的女人。这多少令我有点尴尬,把啤酒瓶和没有好好冲干净的酸奶瓶递过去,因为这样暴露了我吃的所有的东西。我不想让人看到,我喝了哪种酸奶,喝了多少瓶啤酒。尽管这儿没有人亲自接瓶了,我的阳台上还是堆了很多空瓶。我很少会想到,把它们带去超市,有时我会带几个放在院子里玻璃瓶收集桶的旁边,我知道,捡瓶子的人会走过那里看看。而且,要是我尽很大力虚假地去对一个捡瓶子的人说,用这种方式是给他们制造一点快乐,我觉得有些卑鄙,因为那样会在靠捡瓶子为生的人面前,显出一副救世主的架势。而今又有了捡破烂的人,偶尔我会感到愤怒,可这愤怒无论如何还不足以让我把这些空瓶子做成燃烧瓶,尽管这是个很刺激的想象,站在阳台上把装满汽油的瓶子裹上抹布点着往开过的越野吉普或其他招摇的汽车上扔,车上坐着那些我想把他们当成坏人的人。要是真那么简单倒好。有趣的是,有人利用了我对在超市退空瓶动摇不定的行为,一段时间以来有人在超市自动机旁挂了一个有机玻璃盒子,可以把退瓶后打印出来的凭据扔在里面,让好心人捐出上面的金额。我反正从没做过。

98

　　超市让我复原到了自我,我几乎可以说,我在这里工作。如果我今天带着空瓶,我会一个一个,底朝前,推进自动机的通道,等着,扫描仪辨认标记并接受它,等着退款单。我自己是空瓶整理者,我自己去称苹果,我作为我自己的听差走在过道上,为我自己,把我所需要的收集在一起。这正是桑德斯革命性的主张,在他的皮格利威格利超市[1]实现的那样;一切让顾客自己做。

　　1　这个名字的超市连锁店主要在美国的南部和中西部,至今还有,它的商标是一只可爱的坏笑着的小猪头。

99

  在过道停着的一辆购物车里,我看到一盒鸡蛋。我相信,我从来没有看到过这么自然、这么漂亮、这么真实的鸡蛋,它们一定是来自于非常快乐的母鸡。在它们完好的棕色的壳上闪着深色斑晶,一双戴着手套的手今天早上才从小小鸡笼的稻草上取出来,每天晚上得提防着狐狸、黄鼠狼之类的东西。我一定得要这盒鸡蛋,最好不只这盒,要整车,车里还有别的东西放着,都是我一眼就看中的,就像我自己要找的东西。这儿有人制作了静物画,四个胖胖的土豆就这么放着,没被放在塑料袋里闷死,在购物车底部边上各配着一捆香菜和葱,还有两盒新鲜生态奶酪。单纯的白,只有四个红色薇姿面膜的薄膜盖着,与香菜和土豆格外相配。看起来,就像是专门为这个购物车而作的静物画。

100

当我在护发产品前站着的时候,我想起来,L总是说香泡,而不是香波或洗发水什么的。她总是这样,我也不知道她从哪来的这些词,睡衣也不说睡衣,而是说别的什么词,我从来没用过的词。香波、护发素、定型水在架子上排得密密的,在我的眼里模糊成了一个大面积带斑点的马赛克,完全没有空隙。空,在超市货架上是不允许的,在超市由满操控,必须到处放满东西。每个生产厂家的香波瓶虽然有相近的颜色,也还是有不同,因为每个生产厂家有自己的色谱。每个厂家的瓶子不只是颜色区别还有不同的形状。有细长椭圆的基本形的,也有中间粗壮的,有一些令人想起利口酒瓶,越来越多做成了像是不对称的器官的形状。有简洁的、透明的瓶子,能看到里面东西的颜色和能美发的一些承诺,另一些则用香草、养生植物或水果的图画炫耀着。L有一回称,也可能根本不是她,也许我现在只是事后把这一切都记到她身上了,一种文化在特定时期运用的形式都是与它的精神氛围相一致的。这就是说,我们文化的精神状态,也一定能从我们的洗发护发产品的瓶子罐子形状里解读出来。没有这么好,我想,我读着瓶子上写的:彻底修复护发素、中和平衡疗效、滋润头发、生动调和、着色护发、修复护理。看来有那么多损毁的,有那么多需要修复、治疗和护理的头发。

101

　　我洗发的用品,香波,现阶段用的,在189种不同的护理产品中找不到的。也许,我刚看惯了的这些瓶子的外观,又改型了,我认不出它了。在我用的一系列护理产品里,某一天给普通头发用的香波也消失了。开始我只是想,卖完了,可当我几周后再去,之后又在别的日用品商店找过,都没有。给普通头发的香波不再有了。我得选定某个规格用品,但没有哪一款让我称心如意。我的头发既不需要更生发,也不需要去头屑,我不需要那些香波,上面写着我必读的字样:给易断的、稀少的或很快出油的,我需要一种香波是给普通头发的。我用的不见了,L用的却总进入我的视线,到现在还有一瓶放在浴缸边上。当我躺进浴缸,我就看到它,她的香泡,闻着,我看到她的脸就在眼前,她湿湿的刚刚洗过的头发,她用一把粗粗的梳子梳通,之后又要吹,我也在这儿看到了,在架子前,我想起那些发卡,不是自卷的,而是专业的发明,我闻着她的头发,一直散发着她香波的香气,尽管她根本就不在。

102

　　L经常怪我,我不能正确作决定——也许不是没有道理的,因为,我总这么想,我已经知道,每一种选择,是对成百成千的其他的可能性的否定,所以我自己最好不选择,需要决定时我至今都是能拖多久就拖多久。L因此一直觉得不能确信,我是不是完全选择了她,尽管我经常、足够多地向她表白。而在我看来,好像是她在找寻怀疑,她自己有,却在我身上找。她首先看到一点迟疑和犹豫,你根本不知道,你到底愿不愿意,你也可能遇到另外一个人,现在和她在一起,你其实根本不爱我。于是,我说,那,可现在咱俩在一起,也许就该这样,我的这个也许,是个伟大的也许,在我对她说的每句话里,原本是简单直接的爱的誓言,却也不能隐去那个也许,正是这样,誓言如褴褛,是的,没有了价值。

103

　　还是孩子的时候,我经常会什么都没买从玩具店出来,因为我一直无法将我的零用钱去换成玩具车或玩具枪。显然,我一直都觉得拥有很多可能性比拥有某一个物品更宝贵。L也是对的,不仅是她,我也同样,也许会碰上另一个人,与他/她幸福或不幸地生活在一起。那时还是孩子,当我终于决定了要买某个玩具的时候,我随即就会问自己,我为喜欢的这个而放弃掉的另外一个,是不是会更好玩？买了之后就会有怀疑,在短暂的欣喜之后就是懊悔,于是我的决定就引来了所有可能替代的方案。购买其实是放弃。譬如说所有的毛衣,在买我现在穿的这件时,也可以买其他的。当我在商店找到这件,付钱时,我就用这件深蓝色的毛衣把所有其他的可能性抵消掉了,而此时,我想起来,我本来也很想要那件深棕色的。我必须决定选哪一件,L常跟我分担,她知道,什么适合我,什么不适合。那相近的决定,如果我可以或愿意承受,两件都买,在当时的服装店,还有其他的,我不能决定的时候,这也只是个虚拟的解决办法。两件毛衣都买了,但依旧没有能够解决毛衣的问题,而只是转移了或者说固化了,每天早晨在衣柜前,我都得在二者之间做出选择。我还是不喜欢两件都叠着穿上。[1]

> 1 买东西的一个伟大的愿景是,每次新买一件物品都会让人拥有更多的前途或者自由空间。而这是一种误解,因为只有钱对未来承诺才切实有效:钱可以用来换到这样或那样东西。当然,这么说的前提是,我确实能用我的钱买到东西。

104

某一天,一个梦向我预示,我是那么轻松悠闲,我可以告别我的想象,一些需要我决定的小事,会决定着我的或其他什么人的命运。我很愿意相信,偶然决定一切,要来的,终究要来,根本就不要有选择的痛苦。

105

眼前的地上有一张小小的绿色方形纸条,它可能出自那些便条簿,在第一页被撕下来之前,它们是正方形的——横纹的,每一百页纸颜色就会改变。这种纸通常放在电话机边,不,它曾经放在那儿,如今电话可能在房间的各个地方,只是不会在原先放电话机的地方了。现在只是机座在那里,无绳话机需要充电时用。我弯下腰,捡起这张纸看

火柴

一盒奶油或新鲜奶

烤制用奶酪

油

鸡蛋

(黑鞋油)

早先，在我生命中比较浪漫的阶段，我也许会想，这张捡到的纸条兴许是个秘密的信使。我可以有这样的想象，也许是L让纸条落在这里，让我知道，是呀，现在我这么想，也许真是如此，也许是她要跟我说，也许我只要从每三个字母从前面或从后面数，拼成一个词，也许从前面数每第七个字母，7就是她喜欢的数字，然后可以读到，她已经考虑了要再见到我，她还是爱着我的，她在哪里等着我。这在我大脑里飞快转着，可我还是试图在这不成词的字母中看出意义，roesncmrhbb……ehchrempae……或是hsrcbeewre……这些字母排列，我努力搜索，无果，L也许等的真还不是我，对于我那张找不到的购物单，这张很可能是孩子写的、还没有用过的购物单，也无法替代；我不打算用小脆饼、巧克力和食用油来做一个冷狗热狗之类的，我也不想烤什么，我不喜欢烤奶酪，即便我喜欢平生第一次在此读到的烤制用奶酪这个复合词，出于对讨厌之物的乐趣。

106

　　还有,黑色的鞋油,即使它在纸条上加了括号,我也得买,我的黑皮鞋,前一阵子,也因此几乎没穿,急需擦了。现在,我当然知道了,我还没买鞋油。仅仅如此,还是不够的,我有这经验,鞋不会自己擦的,只是把鞋油放在上边是不够的。在我二三年级的时候,有一次的作业是,描述一个擦皮鞋的过程。第二天一个同学被警告了,他念道把鞋放在厨房的桌上,清洁,抹上鞋油,最后用抹布抛光。脏鞋子放在厨房桌上毫无道理,女老师尖锐地说,鞋子只能在地下室或者户外、在晒台上或阳台上擦。在我家有一个柜子,里面除了擦鞋的东西,还有洗衣粉和已经粘住的柔软剂瓶子,在地下室的洗衣间,一个抽屉里有刷子,一格放擦鞋布,一个盒子里放了无数管或罐的鞋油,大多是半管的或是干了的,所有的,毫不例外,近乎艺术性地沾着鞋油。现在,当我决心要擦鞋的时候,——因为和没擦过的鞋相比,我喜欢擦得铮亮的鞋,L对此也一直很注意,——在缺乏擦鞋地下室的时候,就必须在厨房里擦,此刻,我总是听到那位女老师严厉的声音,她说,可是不能在厨房擦鞋啊。

107

火柴,我还是盯着这张条子,我不需要。烛光的浪漫随着L搬出,就消失了,煤气灶我是用点火器点的,尽管是偶尔用,那个可靠的小小的蓝色火花很管用。奶油或新鲜奶昔我也同样不需要,我不做什么奶油汁,鸡蛋好像冰箱里还有。每次买蛋我都会有良心问题,所以我不喜欢买蛋:我该买便宜的笼子里的鸡蛋,还是该买贵一点儿的、简单地下在地上的鸡蛋,或是更好一点儿的散养的鸡蛋,还有再好一点儿的生态蛋?在一次早午餐——我讨厌早午餐,这个词我就讨厌,我也讨厌得和人约早餐,——我听人说,母鸡经常生下根本不像蛋的蛋,而是像乒乓球或短短的弯的香蕉。我不知道这是不是真的。我外婆那儿卖鸡蛋的女子总是周五来,她来总是带着满后备厢的蛋,都来自于她的养鸡园,离城市稍有点距离的一片新建筑区后面,周末走过那里,我能看到,在一个巨大的没有窗户的波纹白铁皮房子里,成千只鸡关在鸡笼里,我担心,是它们的蛋——那个卖蛋的女人叫奴佩妮，直接承担销售鸡蛋，开着她的奥迪100，停在我们的房子前面，端着一个盘[1]到门前，把它放在信箱上，好打开大大的黑色钱包，从里面拿出要找给我外婆的钱，放进刚收到的纸币。那些蛋，都很白，之后我拿进去，或外婆随后叫我放到地下室里一个旧的灶台[2]上，旁边是放土豆的架子。

1 这样的盘子可以放四乘六正好两打鸡蛋的位置，有时我外婆说，今天请给我一打或半打。满的或几乎满的盘子就跟空的叠着，每几个星期来取回。其他顾客，如我们的邻居把它粘在墙上和天花板上当地下室聚会的隔音板，这是我们从那家女儿过生日时知道的。

2 这个灶台刷了很多次了，一次，虽然也只有一半坏了，一个带可拆卸的工作台、玻璃橱门、很多放面粉糖小麦粉和其他散东西的抽屉的家具，我叔叔把它放进壁炉烧了，他最近才告诉我。他认为，它在地下室里放得太久了。这木头，并不奇怪，已经干了一百年了，真的很好烧，烧得很旺。我相信，不是因为他冷，或因为没有别的燃料，他就这么做。他就是很高兴，把老柜子拆了，最后烧了。

108

如果不是因为小时候妈妈不在家,外婆也管不了我,我看了足够多的电视,也许我就根本不会知道,食用椰子油,这个在纸条上间隔写着的最美好的词是什么意思。今天不再这么说了,原本可能是有意这样说的,棕榈,以前是石蜡、煤油、海洛因,而事实上也只是类似无害的成分——不,飞机不是用椰子油飞向南方的,椰子油是从在棕榈树上长的椰子果子里提取的椰子油脂。[1]在广告里,在我电视机前度过的童年时代,我至少看过几百次,一个戴着高高白帽子的厨师把一团椰子油放进热的黑色铸铁锅里;这吱吱的声音,很快变为亮亮的油花,至今仍在我耳边。或许,我突然怀疑,这是比斯金食用油的广告?

[1] 海因里希·施林克(1840—1909)19世纪末发明了一种工艺,把椰子的油提炼出来,当烹调油用。1894年这种市场名为食用椰子油的产品问世。

109

　　L总是不用带纸条去买东西,她能记住所有要的东西。她写纸条只是因为我,因为我如果没有纸条就会忘掉一半该买的东西,而买一堆别的东西回来。这对我并不新鲜。那些该买的东西或该做的事,我总是把它写在纸条上,买东西和把空瓶拿走一般都写在上面。我写很多,但不都做得完,如装厨房的灯或者整理旧物总在纸条上传写下去。一般是这样,一张纸条,只有当所有的点都划了或打了钩,才能撕掉扔掉,有时候,甚至会出现,我已经做完一件事,还记一遍,就为了在最后能欢欣鼓舞地划上一道或打个钩。

110

我走到放杂志的架子前,看到L在封面上;她笑着,正如平时那样笑着,每当我说,笑一笑。她不是很乐意拍照片,所以至今我没有一张她的照片,封面上的她看起来,就像我看到她一样。所有的照片她都转过去,用手挡着脸,眼睛斜着,或者很模糊,让我几乎认不出她来。或者她很小很小,消失在一片风景之中。当我伸手去拿我看到L笑着的照片的这本妇女杂志的时候,L突然消失了,我并不是特别惊讶。在封页上,我此刻看到的是另一个女人,一个只是远看有点像L而我并不喜欢的女人。当我伸开胳膊拿着杂志远看时,那种相像又出现了;也许,我想,这封面是立体照,来回地变,或者,还更精巧的是,到某个视角的时候,就正好是看的人想见的人。可是很可惜,这效果没有再现。我翻阅着杂志,粘着润肤霜试用袋的一页,自动翻开了。L总是把这种袋子撕下来,试用,作为她平时用的润肤霜的补充。她还有给脚用的、眼部的、脸部的、护手的和一种给腋下特别干的部位,在上肢活动时过度劳损的;晚上在她抹完全部油霜的时候,我一般都睡着了。

111

在我手里拿着这本妇女时代杂志的时候,我听到旁边有人说话,两个女孩正看着少女杂志,这马上引起我比对妇女杂志更大的兴趣,我想起来,L也来来回回地买,坐长途火车或在沙滩上待一整天的时候读。

"哎,知道吗?上个月我给法兰茨打了三十个电话,给你打了十一次。知道吗?两次我们正好打了二十六分钟三十秒,这么准到秒,我是说,你不觉得奇怪吗,嗯?" 我听到一个说,她俩都嚼着口香糖,说着,我装着继续看杂志,像是专注于内容,"因为我们只是这样随便说说什么,说了正好这么久。然后我还说了什么,时间就过去了。"

"奇怪吧。"

"见鬼吧,瞧瞧,我这儿很干。"

"哪里?"

"看这儿呢,手指和指关节之间。"

"我在冬天皮肤也很干,我总是要抹花王护手霜。"

"我也是哎,知道吗?我遗传了我妈妈的,真是讨厌哎,现在我得一天抹三次。火辣辣的。"

"面霜对我也有点刺激。"

"应该不会,我现在只用自然植物的,这样,很管用。"

"天哪,见鬼,我不舒服,我什么也没吃唉。"

"我也什么都没吃。"

"我们可以去买披萨,那儿有。"

"哎,不,对我太油了。"

"哦,见鬼,我去买麦芬蛋糕,库达姆有。"

"在绿色周,那儿有一些,两欧元一个,有很多巧克力,很好吃的。"

"在美国厅?那是美国来的?"

"不,我不知道,反正那儿有,很好吃。"

"我们也可以去好莱坞星球吃薯条,两欧元满满的一盘还带番茄酱。"

"可那真的很油哎。"

"哎,可我饿了。"

"油啊,看看我的手臂!"

"哎,知道,我们上个月的电话账单是291欧元,其中237欧元的是我的,我现在得还我妈妈,这钱,我是从我爸爸那儿得来的。"

"我妈妈会杀了我。这么神经,要是我的电话费超出一百。"

"现在也不准我往手机上打了。"

"我从不打手机。十五分钟好像就翻倍还是什么的。"

"见鬼,如果我是百万富翁,很富的话,我就一直这样打电话。我才无所谓要多少钱。"

"我是说,如果我是明星什么的,我会捐很多。"

"哎,那我可以在你那儿工作吗?把签名卡装袋之类的。"

112

　　我把杂志放回去,转身继续走,因为否则我会笑喷,哎,见鬼,我轻轻嘟囔了声,见鬼了,我的购物车正对着过道中间的一堆白色纸箱推去。中间有个保险柜,有一个是做展示的。看起来像个保险箱,像是设在旅馆的衣柜里的那种保险柜,我想着,我不知道我为什么要在超市的保险柜里放什么东西。钱?秘密图纸?一本日记,我不能保管的、里面记着私密的东西,得无论如何存出去?我的手表?我的出生证?发票、买东西的单据、上面写着我买了什么的账单?我外公把现金和生意的资料放在他的保险柜里,在办公室里的滑轮柜里,就在靠暖房的窗台边,窗台上摆着等着变熟的绿番茄。我的钱放在银行,生意资料我没有,首饰L带走了,包括我送她的我外婆的手表。我相信,我根本就没有要放进保险箱保存的东西。微芯片控制3至8位数字密码保险按键锁写在外包装上,用粗粗的黄色发亮的字母写着,让小偷无从下手!我差点儿又笑出来。这保险箱,连强盗豪成普卢茨都难不住。

113

　　我在这个超市就再也走不出去了吗？也许我得一直这样转着圈儿？这是我的命？我由此变傻，不停地买，搬回家，放进冰箱，还忘了一些，直到它坏掉？我会被判处去烧饭、吃饭、睡觉、再起床，加上倒垃圾和退瓶子？这样看来，生活真是无聊，如此无聊，以至于我得马上自我了断，如果没有了在两个通向垃圾桶的过道间也还可能发生些什么的希望的话。而我也是这样被编程的，我相信，这可能要发生的什么是和一个女人有关。我内心深处还一直相信，随着一段第二次伟大的爱情，一切都会解决，然后就认命了。可惜这第二段伟大爱情在这超市无法买到，但我可以带走垃圾袋，我相信，甚至还写在购物单上了，我没带在身边。垃圾袋，几乎每次都是到了没有了的时候才会想起来，我得用一个购物袋代替，而事实上，尺寸又与L留在厨房的脚踩垃圾桶不相配。她对这个垃圾桶一直很自豪，也许只是忘了。她一再说，这垃圾桶来自一个闲置的老医院，她说有一次溜了进去。也许她就是在跳蚤市场上买的。

114

　　一辆购物车从我边上推过去,我看到半升冷饮猕猴桃-橙子汁,两个茴香菜头,一袋生态胡萝卜,两瓶带橙子香味的水和瓶装的原味酸奶。一个女人推着这辆车,穿着夏天的裙子,时而显出身体的轮廓,在某个动作,某一瞬间显示,——现实没有静态的图像——此后布料重又展现出另外的样子。在极短暂的一瞬间,看起来,好像这女子是裸的。她不裸。我只是看到轮廓,裙子的形状——为什么我穿着冬天的外套？我得问自己。已经是春天了,我没注意到吗？[1] 这个陌生女人,她把深色的头发扎在脑后,向收银台走,我闻到她的香水,我认识。

---

[1] 所谓四季的变化只是在超市的打折优惠中才会被注意到,一直被重复着。春天来了,袋装奶油蛋黄汁儿放在了芦笋旁,又有了德国本地草莓,便宜而还未组装完的自行车放在收银台后面,复活节兔子堵在过道上。

115

我马上推车,跟着女人的香水味儿。我走过了那一堆特价商品和台子,排到了收银台区。倚在一个冰柜旁,但这一定只是幻觉,是不可能的,安可·施瓦茨贝克,那个保健品商店的女儿,我幼儿园时期的爱情,随着她父亲商店关门就搬走了。她好像是在等我,向我招手。我听到她笑着说,我在这儿,她说着,似乎至今不是过去了三十年,而只是几分钟。她穿着带流苏的浅棕色野牛皮牛仔衬衣和一条深棕色的短裙,也是这样的皮或类似皮的材质。牛仔靴。显然是她,我很吃惊,她变成了一个牛仔姑娘。更特别的,我还就认出她了。三十年没见她,可是,是她,我敢肯定。在我儿时的相册里,有她扮成穿罗宾汉戏装的一个印第安女子,另一张照片,我记得,三四岁大,她和我在我家房子后面的草坪上。她拿了一支棒棒糖在手里,我的在嘴里,只有一根细细的白色的棒在我的唇边。她那时左边编着辫子,右边留着刘海,她笑着,像她现在这样,在冰柜边,笑着——当我要跟她说话,把手递给她时,她也消失了。

116

我听到一个女人的声音。一个母亲跟她的孩子,一个带蝴蝶结的女孩,母亲在解释,为什么现在不能给冰激凌。孩子哭闹着,不听母亲说的理由,她不要理由,就要冰激凌。为什么不能有冰激凌,我也没有理解过,我一直想要全部的,有时候也会自己找,我知道冰激凌藏在地下室的冰柜里的什么地方:在钢丝篮的下面,钢丝篮里放着些我不感兴趣的肉汤冻或酸菜肉。我用一个茶匙直接在一个十升装的冰激凌盒子里舀着吃,我带着它,在上面厨房里,趁人不备塞进裤子口袋里的。[1]

---

1 我几次梦见,在我这里有个孩子,他和我,就像我自己和我,可以谈我可以解释的一切。应该马上到收银台了,冰箱就在这里,一定就是为了求一个冰激凌,这个孩子,我们的孩子,L不想要的孩

子,她和我,我们本来能有的,如果她明确想要,或者我把意愿说得更清楚,或者我索性就决定了要孩子的话。

117

在一个收银台前,我看到那个把奶油汁洒在地上的男人,他付了钱,把买的东西放进双肩包里,也许他是骑自行车来的,他把右边的西装裤腿塞进袜子。我希望他新拿的那罐奶油在背包里不会破了,难说在满满的包或袋子里包装上尖锐的边会刺破酸奶或奶油的塑料盖薄膜——还有一个理由,买玻璃瓶的,但那很重,还得洗了重新还回来。那个不放甜食的特宽过道,童车可以通过的收银台没有开。在特快收银台,东西少于五样,两个人在排队。我数了一下,我的东西多了,不能在那里排,可这没关系,我无论如何要到最左边那个我最喜欢的收银员那儿去。我前面排着长队,我一直盯着那穿夏季连衣裙的女子,一直在想着,她的香水到底叫什么。我现在本可以有时间观察她,可我的眼光却转向了平行队伍,落在了一辆购物车上,里面放着很多鼓鼓的两升装的可口可乐瓶,几个半成品油酥蛋糕,一个速冻圆蛋糕,两盒巧克力泡芙。油酥蛋糕的白色糖浇在透明薄膜里化了,只能看到软化了的油酥。搁在推车杠子上的手指,不耐烦地来回弹着,这是一个挺着肚子的男人的手。看上去,他好像是给一个儿童生日派对买的东西。

118

这男人的购物车里放着的两个盒子上当然没有写着黑鬼巧克力圆头,也没写黑人之吻。黑鬼巧克力圆头,我从没有喜欢过,是这两种东西的描述里,更残忍的一个,在我童年里还常见的。黑巧克力头与干瘪头差别不大,巧克力面包,那么健康,均衡的营养——在课间大休的时候,在大楼管理员那儿有卖,也许是干瘪头面包。在孩子们生日的时候,我记得,经常有比赛吃黑人之吻——或黑鬼巧克力头的,不能用手,手放在背后——一种游戏,后来的某一天我觉得无聊了。旁边一个我不那么喜欢的女孩过生日的时候,我有了个主意,用我杯子里的吸管点燃一个生日蜡烛,挑唆其他小孩都吸吸管烟。吸管当然不是麦管做的,是塑料的,马上烧着了,很快又点着了几根装饰彩带,臭气难闻,——在晚会上,两三个孩子,跟着学的家伙,因为怀疑是烟雾中毒,得去医生那儿了。我被揭穿是挑唆者,被外婆早早地领回家了。在这一年里,我没再收到这隔壁女孩的邀请,不过我一点都不遗憾,童年生日的时光已经过去了。

119

　　那个大肚子男人不再来回弹购物车,他看起来明显生气了,朝我的方向,好像我把我院子里的枝丫扔到他的前院似的。盯着别人的购物车,就像在等红灯的时候,盯着旁边车道的车内看,几乎同样的无礼。注意力集中在红灯上的司机,总是会很快感觉到好奇的目光,愤怒地转过头去,也经常会不安。我问自己,他们为什么会注意到我的目光,他们怎么知道被观察的?

120

超市很独特,很少有人失控。我们顾客都自我控制得住,能付得起多少,我们就拿多少,不打开包装,把购物车有教养地推过一个个过道,我们不惹事,耐心地在收银台前排着队等待。所以,当某人,就像我新近读到的那样,拿着特惠柜台上的一把家用剪刀冲向收银员并致其重伤时,就很值得新闻报道。[1]

> 1 几乎不会有人有这样的想法,喜欢什么就索性拿什么,然后若无其事地走出商店。即使小偷也要悄悄地干。

121

每天我们遇见无数素不相识的人,就好像他们根本不存在。其实都还是没有过去多久,遇到一个此前从未谋面的人,对很多人是种经历。其实我们还是猎人和采集者,刚刚开始饲养牲畜和耕作,而现在,六千或八千,最多一万年之后,我们就有了超市,每天不会被抢劫或掠夺。可L想起了一次抢劫,我知道的唯一的一次,可偏偏她在现场,她这么说。她指的是那著名的捣蛋抢劫,发生在很多年前的某个五一节,在柏林十字山街区边缘,L那时十五六岁,刚从她那肉铺店女主人总无所不知的小村子逃到柏林来。我不知道,她提到的那个五一节令人激奋的时刻究竟是不是在格尔利茨火车站或维也纳街的超市里,也许又是她的一个发明,她想以此弄出些有趣的事,其实毫无必要。很多腐烂了的流淌出来的液体在地板上积到了脚踝高,那些倒下的架子板和变软了的盒子堆着,所有能毁的,都毁了,可她还是找到了一些罐头,香烟、烈酒和啤酒罐当然早就不见踪影了,然后来了纵火狂,把店给点着了。在被围栏圈起来荒芜了二十来年后,现在,超市的废墟上矗立着一座清真寺。

122

老阿兹特克人的风俗，每52年要把锅、盘和一些用具，所有的家具打破，我突然觉得是有道理的。阿兹特克人知道，要时不时地毁掉一些东西，以便为新东西腾地方。也许我也应该把L吃过的盘子、喝过的杯子，扔到墙上或扔出窗外，那些烧过我们食物的锅，我该把它当废铁，把我们睡过的床单剪掉或把它扔进旧衣物桶，而这个超市，我和她一直碰到的，就点着它。在另一个生命里，可能我早四十年出生，也许真会有这个主意，将这个店或整个商场[1]付之一炬。也许我那时相信，以这种方式反对越战、对人的剥削或所谓的帝国主义。这样的信念，现在看起来奇怪，可也许那个时候她也已经那样了。

---

1 在大型购物中心总聚集着一些同样的连锁店和同样的零售店，商场是象征消费的地方。在小型或中等城市，广场上这种以前

的房子还有,即使常常空着,也很奇特地矗立着,费力地展示着一个没落时代风格的门面。有一回,我带L到过那里,在一个工作间,一个居民把豪腾商场门面一块比较大的物件搬回了家,镶嵌在了客厅长墙上。我喜欢。

123

趴在购物车的推杆上,我看见前面那女人发际和领子间浅色的皮肤。她静静地站着,没注意到我的目光。我很想知道,她此刻在想着什么或想着什么人,要是能读出她的思想,多好。她的头发在脑后盘成高高的鸟巢似的发髻,有几缕散在外面,梳得亮亮的,柔软如絮,刚刚洗的,也许,这是我想象的,我不仅闻到了她的香水味儿,还闻到了她的香波味儿。猛然间,我想亲吻这个连她的脸我都没看清的陌生女人的脖子,就是那几缕头发下发髻和衣领之间的地方,可我的购物车横在我们之间。她轻轻动了下头,转向香烟框里活动的卷帘,可她没有转身向我。直到这会儿,我才看清了她把头发那么艺术而又随意地箍到一起的发箍,是和L带过的发箍一模一样的,法国产的牛角或是仿牛角的。L有很多法国原产的,中国仿的,到处都有,我的床头柜上、客厅沙发上、地毯上。有时我会把它收回到浴室,放回架子上的玻璃碗里,那里有很多别的发箍、梳子、橡皮筋儿。如果L

在沙发上躺着什么都不干,或者我们一起看电影,她就经常拿着发箍玩,大多时候,她把扣子来回压进簧片,让它高高地弹起来,发出咔嗒的金属声。如果我是孩子也许我会拿这样的发卡做弹弓,用浸湿的纸球弹屋子里静的或动的目标,作为成人我只是看着L玩她的发卡,此刻我想念这声响,其实已经很久了,只是没有注意过。

> 1 香烟框的卷帘是报警的,这是防小偷的,人们被怀疑是潜在的小偷。其实我们都该觉得这是个侮辱。事实这样一个卷帘——就像一个容易被偷的剃须刀也很好地放在玻璃柜里——才让人想起来偷的事:反正我已经被当成潜在的小偷了,我完全可以藏上几条巧克力条、口香糖或者一包超贵的两包装的电池。

124

我越是想 L，对她知道得就越少。她不仅不在了，她完全消失了。我已经忘了，她长什么样的了——记忆总是没有形体的，好像事后禁止触摸。

125

　　发卡的游戏几乎总会是个前戏,发夹咔嗒咔嗒声是铃声,接着是性。这会儿有点儿难,此时此刻,在收银台前,不去想性。我前面站着的这个女人,戴的胸罩,透过她薄薄的裙子显出来,这已经完全是自然的了,我继续向下寻找内裤的绲边。L从来不说裤衩,她坚持,她的内衣只是由衬裤和汗衫组成,偶尔,在特定的时候戴胸罩,不是总戴。内裤,我更多猜到而不是真的透过裙子的料子隐约看到的,正好可以看出,不是迷你三角裤。如果我看别的女人,L并不打扰我,她马上会对我解释,当一个漂亮女人的目光在我的脸上游移,我作为男人的头脑中在想些什么:这是一种生物化学导致的高级情感的回报,我根本不能做什么,除了看看女人,另外,遮掩的身体是一切想象的根源。

126

　　男人们本质上异常超值价廉的想象力,是在超市里看到所有漂亮女人都裸着,我是在最近一部电影里看到的,里面男主角,一个助理收银员,让时间定格,好让所有盯着橱窗木偶的女人,可以一个接着一个地脱——但是,那些镜头也许不想补偿,并没有真的透出她们美丽的秘密。女人们带着购物篮推着购物车裸着,看起来根本就没那么富有魅力如同希腊女神,而是更加世俗,有的看上去甚至有点可笑。尽管如此,我没有一丝怀疑,在我前面的轻薄的夏衣里藏着的是一位女神,一层外罩就是一个期待。

127

　　我的笛子老师,一个我很久没有想到的女人,常常穿这样类似的夏装。有几次,她让我看到了她裤裆,我不知道她是不是故意的,我那时九岁或是十岁,讨厌吹笛子。我甚至想象过,在夏天,透过她的内裤,或者把它戳破,可以看到她黑色的阴毛,也许这是我后来想象出来的,真实还是幻想的图像我记不清了。可我清楚地记得,她经常抓住我,好像在笛子课必须这样似的,比如说,我很喜欢的是,她经常站在我的后面,我的头靠着她的胸,她的手臂环绕着我,给我示范一两个动作。我不反对,还多少比原来更笨拙点儿,我很乐意让我后脑勺的皮肤靠在她的乳房上。我现在想起来,她闻起来,有一种浅色天然皂的味儿,好像是菩提花的味儿,一种初夏的味儿,像洗衣粉广告,如果它有味儿的话,就是这味儿。

128

倒是再开一个收银台呀,那个购物车里放着油酥蛋糕的男人喊道,刚才甩给我一个那么恶意的眼神。他很急吗?孩子的生日派对已经开始了吗?我再向前推了一步,裤管碰到了三束花中的一束,花是直接摆在收银台边的架子上的,黄玫瑰,头已经有点儿蔫了,另外两束看起来新鲜些,尽管如此,我有一种同情心被唤醒的感觉,可怜可怜我们吧,买我们吧,它们疲惫地对我呢喃。昨天或是前天这些花也许还在港口附近一所大大的幽暗的冷库房里,再之前在荷兰的温室或是肯尼亚。我懒得弯腰看上面是否贴有小标牌,有时会标出是哪里产的,不,我不能心太软,我不再买花了。当 L 为我们或为请某人到我们这里来做客,需要买花的时候,她总是花很多时间,没完没了地去好几家花店,直到她找到要的花,扎成一束,跟她对花束的想象接近,或者甚至完全吻合为止,如此特别幸运的话,她会高兴,并对世界满意。

129

也许这与放在收银台拥挤的空间里的甜食有关,在触手可及抬头可见的地方,我总会想到那个小小的食品店,而这都已经过去三十年了,就在我长大的房子的斜对过。中午刚过,我穿过街道,买几毛钱的可乐软糖,小白鼠糖,如果热的话,买点儿拇指粗细的透明塑料袋里的冰棍儿,我总是用牙去咬开袋子。钱是我零用钱里余下的,或者是我用一把长长的刀,从我的储蓄罐里顺出来的,常在监督之下,我得把小零钱扔进去。稍微练一练,凭着坚定意愿,我常常能在细细的叮当声中又拿回我的小钱——只是投币口的漆会剥落,这会暴露我把小钱来回地通过这个小口又弄出来了。[1] 为无聊的作业所迫,我去店里,魏德曼先生已经在等我了,这个印象归功于他能让每一位顾客感觉到,他是位朋友,随时受欢迎。他穿着白大褂,手里几乎总是拿着一个标码器,在狭窄的货架通道间走来走去,给每一件商品打上标码。尽管小店不大,但还是提供了带绳的扶手可折叠的购物筐,甚至还有两辆购物车,但顾客不能同时用,因为过道同时容不下两辆车。一切都应像不远处几家超市的样子,就在新建筑后面,神经医院大门附近,它们逐渐夺走了他的顾客。魏德曼先生不得不什么都自己干,他雇不起员工。他在狭小的冷藏柜边切奶酪和香肠,他摆放架子,坐收银台。就在去的路上,甚至在我把零钱从储蓄罐里顺出来或我的零花钱预留出来之前,我就已经盘算着,我能买多少可乐软糖、多少白鼠糖、棒棒糖或者甘草蜗牛糖,我还有多少能花、能换。我一进门,魏德曼先生几乎总是拿着那把打标签的枪,像是宇宙武器,只是会吐出小小的价签,在他的店里紧张巡逻,如一只笼子里的大仓鼠——经常打一张价签在我手臂上。看看,你今天值多少钱,他说,看看新打出来的价签。99芬尼?太贵了!这个价我怎么都卖不出去你的。这个标签从一个卷上通过一个舌头打在一个包装了的或没有包装的货品上,粘牢。在边上有马克两字,两字紧挨着,左边大大的数字是价格。有些是醒目的橘色,有些是简单的白色,打出的价格常常只是浅灰的,刚够能认出来。这个标签的轮廓看起来像通常铺在瑞威和艾迪卡这样小店前的合成铺路石,它们的价签也是用标签枪打上去的。如果想重新贴到别的或许是更贵的商品上去,就得在纸上刻有印痕的地方把价签撕开。不过,大家都很细心,没发生过这事。[2]

1 或者我就自己动手悄悄地从家庭开支的钱包里取，这个钱包放在切面包机边的橱柜抽屉里,要付个牛奶、鸡蛋或面包钱之类的,有时晚饭前我会拿它去面包店买面包。

2 我还是个孩子的时候,我担心魏德曼先生卖得太少了,他的店要关门,也因此,我每天午后都要找钱,拿着钱穿过马路去找他。我的担心不是没有理由的,在我不到十岁,他原先在难看的平顶房里的店关门了,一个压根就算不上有天赋的建筑师把那里改成了两室的单身住宅。我怀念的不仅是闪亮的牌子,还有老旧的红色的双面口香糖自动机和门边的冰激凌小三角旗,那以后,我的甜食得过两条马路到超市里买了,后来我也在那里买牛奶,再悄悄地把牛奶壶灌满。

130

我又往前推了一小段，我几乎吃惊，自己没有一点不耐烦。今天我喜欢这儿，好像是段长长的旅行，最后找到了回家的路，不多不少，毕竟找到了。有时我真的吃惊，我的第一念头，在我随后关上门之前总是：多么幸运，在这座城市的所有楼房的所有屋子里，正好是这扇门，后面正是我的房间，我找到了。有一回，还根本不太晚，我几乎没喝酒，我打开房门，走上楼梯台阶，发现楼梯的平台本来该是我的房门的位置，没有了。什么都没有，没有门，只有墙，刷过的墙。我问自己，这是怎么回事？为什么我屋子没了？我肯定我走对了楼层，对，第三层，还有雕刻的楼梯扶手、墙和地板上奶油橙黄红色交织的椰棕编织的地毯，每天早上，当我踏出我的房间时，都会觉得刺眼。接着我还认出，邻居家门口的脚垫，不是我的女邻居了，而是别人住着了。可是，怎么可能呢？我第二次走下去，当我又回到街上站着时，我注意到,我自己醉醺醺的,没有注意到,进错了的楼门——不是左边,而是进了右边的。我的钥匙两边都能开。

131

另一次想象中,一天晚上回家,看到走廊里,我的电话放那儿充电,两三张企鹅明信片挂着,看到孩子的照片,我并不认识,一个女人,面对我什么也没说。我知道,这是我的房间,我和这个集企鹅明信片的女人结婚了,有了孩子,其他的一切我都忘了,我什么都不记得了,我得在狭窄的厨房里吃肝肠面包,尽管我根本不喜欢肝肠。突然,在收银台排队时,恐惧袭来,我,就在我付完钱把买的东西收起来,将购物车推回去的时候,我站在超市前,不知道自己住哪儿了,我该怎么回到我放空瓶的阳台后的房间里的沙发上;毫不奇怪,此时我耳边有劳里·安德森的歌,旋律在我耳边好一会儿了,至少从杂志架子那儿起,就在回荡,而此刻粉色的火烈鸟才出现,在草坪上站着,厨房,看起来像是龙卷风席卷过,而女人的感觉,她突然清醒过来,她进错了房子。[1]

1　这首歌叫《正常说话》,是《勇敢之家》专辑里的,在封面上写着:今天我回家/两辆车走了/那儿都是新鲜的粉色/火烈鸟明星模样/都跑过草坪。/然后我走进厨房/像是龙卷风席卷过/于是我意识到/我跑错了/房子。

132

稍不留神,我的购物车的前杠条撞上堆在收银台边上的购物筐。我把车拽回来,这让我想起,这好像是一艘小船驶向我最喜爱的收银员,收银台女神罗蕾莱,她在风里,坐在她航道的岩石上。突然我听到沉重的撞击,咣当一下和一声喊叫,我环顾四周,看到旁边一个队里有人打破了一个玻璃瓶,可能是一瓶樱桃掉到地上了。盖子滚着倒下,越来越快地打着转,慢慢在石头的地上响起越来越高的叮叮声,硬币直线滚动倒向一侧时也会发出这样的声音。我想起来,L有一回在超市的收银台传送带上撞倒了一瓶酒,因为她觉得后面的一个男人骚扰她。为了能摆平他买的东西——一瓶粮食酒,一盒野草酒,还有一小桶土豆沙拉,他把她的东西,照她的说法,很粗鲁地往边上推。他几乎抓着她裙下,她后来告诉我,而且他还有恶心的酒气和难闻的汗臭——因为她其实早看出来了,她的反应有一点苛刻。瓶子当然打破了,酒流了出来,就像这樱桃汁,这会儿淌了红红的一大摊。一个商场职员,不是先前碰到奶油的那个,拿着簸箕和手刷出现了,把樱桃瓶碎片和盖子扫走,那樱桃就根本不像我在外婆家的牛奶米粥上的那样,而更像是吐出来的内脏。一点小小的樱桃汁在我左边没有刷的鞋上,这也可能是血,我想,可我根本没出血,这儿也没发生枪击,没有抢劫,没有劫持人质,什么都没发生,尽管如此,我几乎要吼叫出来。是因为那个女人的动作?她弯腰扫走樱桃?我是同情樱桃,同情整个世界,还是只是我自己?我已经明白了。可我并不知道,为什么,有时候我会喊叫出来,幸运的是我常常能够把它压下去。

133

　　有一回我在收银台等着,我看到在我排的队边上有匹狼,这自然是个白日梦。直直的如跳舞的熊,一个爪子推着红色塑料购物筐的把手,站在那里。像我一样,它等在收银台前,我多少有点吃惊,它可以那么久这么安静地用后爪蹲着。过了一会儿,我才注意到,她戴着块头巾。看看吧,我想,在狼里面也是母狼来买东西,这性别老套也这样传递。她毛茸茸的爪子放在收银台的传送带上,从购物篮拿出一盒披萨,用她黄黄的牙咬开包装,于是她的头巾往下滑了,布料下露出金发。收银台前站着排队的顾客对此漠不关心,似乎没什么人觉得打扰了,或者根本没看见,没人感兴趣,她把盒子放在传送带上时淌着口水。那个收银员,年长一点的,对此也毫无反应,而是拿出收银盒下的抹布把黑色的传送带擦干净。那母狼用卡付,是啊,她又如何能收零钱,往哪里放啊!

134

我最喜欢的收银员这时已经开始在扫描我前面顾客的东西了。她不再需要没完没了地把数字敲进去,甚至,像我小时候那样,要把所有商品的价格都记住,不再有收款记录器。[1]收银员如今坐在电脑前,用一个读取器,读取所有商品都有的条形码。[2]每一成功的读取,都会有短暂的嘀的一声鸣响,掺杂进收银台的嘈杂声里。

> 1　在一些收款记录器的键盘上,常常不是电的,而只有机械的数字显示,也还有一个99的键。这个双子尾数的价格,可以很快打出来。单据像无尽的带子推出,很少有人对它感兴趣,更别说坚持把它带回家,上面什么也没有,长长的一列,只有数字,没有什么商品是多少钱的信息。这种账单纸,容易褪色,含木浆,印上去的字稍稍呈浅紫色,长长的,一直拖到地上。
> 2　第一个用条形码出售的产品,是1975年的一包口香糖,如今在华盛顿的史密森尼博物馆保存着。

135

　　当她拿着一瓶橘子味的水放在扫描区的时候,我像以往一样,每当我看到她坐在这里,我都会这么想,坐在这里,她实在是太过漂亮了。她像是一部电影里的超市收银员,是说一个男人每天都会去超市,因为他爱上了一个收银员。我心爱的收银员是不是等着,从这里被娶走啊?她会梦想着某一天某个真命天子,一个她的梦中人,一个王子出现,招呼她,让她跨上他伟岸的骏马,一起奔驰在一切梦想都会实现的田野?也许,这就是我的命运,今天我在这里,拉起她的手?于是,我终于可以忘记L了?可惜,我猜我不是王子,王子的角色不是我的。还有,谁知道呢,收银员每天多少男人在她面前经过,最终会很挑剔,会想,哦,不,这个人呼吸太响,那个太年轻或太老,这个太胖,那个不够高,这个脸颊上还有毛,我不能忍受的,等等等——她可能总会想着这些讨厌的事。尽管如此,我最爱的收银员,——也许不是她复杂,也许只是我这样——冲着我笑,尽管我根本还没排到，她认出我了。或者就只是我的想象，她认出我了，所以笑了？她一定是对着每个人笑，这是在收银员培训时学的。有一次我曾问过自己，我是不是把她当成独特的商品选中了。可能我已经开始了，买一些东西，只是为了看她的美貌？因此我不再买冰冻披萨了，甚至有时候买新鲜蔬菜了？我可以把她和独特的、富有魔力的食品列成一道，摆起来，放在一起，随着我通过那扇移动门消失？这该是什么样的产品？会有一天，我敢肯定，收银台显示器闪烁，条形码读取器会不动声色地读取我左手背上的色斑状况，依靠一套固有的隐秘的特异功能的深层系统发掘出，她和我，我们俩，是属于一起的，永远。我向她微笑，可我最喜爱的收银员，只是极短地向我这里瞟了一眼，又忙着招呼我前面那个女人的生意了。她也许是机器人，不是真人，她坐在这里，一直坐在这里，这令人生疑。有几次，她不坐在这里，她可能是在操作间里作设备维护，也许她坐在椅子上，椅子上装着轮子的，很容易从她的收银台溜向隐蔽的设备维修区，在那儿进入休整状态。

136

令我惊异的还有她那无法模仿的手势,她手腕弯着,伸展手指,只用手指尖拿着酸奶瓶。我相信,她是戴着不透明的白布手套的,像她们戴珠宝,展示特别贵重首饰时的样子。扫描区一次次亮着红灯,看起来,像她真的在作红宝石操作,不过,那个亮的地方只是读取扫描条形码的激光而已。就在同时,自动商品系统就知道了,在这个商场,少了一瓶酸奶。

137

　　传送带上，此刻有了空位置，我把牛奶和蜂蜜放上去，放上了肉类柜台的袋子、苹果、柠檬和其他一些东西，看一下车里是否还有什么。我知道，收银员会请每一个顾客，把放在里面的包拿上来，检查一下里面是不是会有什么忘了甚至也许是藏着的。谢谢，然后她总是会特别友好地说，好像她要对这没有必要的检查说对不起似的。在大型电子商场，我总有一种害怕，我会由于疏忽藏进了什么。特别是我没买东西，走过出口栏杆的时候，我总是会再检查一次，我的上衣口袋有没有东西放进去，上面的保险线取下来的一包电池、一部手机，或是一个小游戏机。还可能是，它完全是自己跑进来的。今天在这个超市，我没有双肩背包，没有购物袋放在车里，我也没有类似的东西，所有的一切，用一个塑料袋就装进去了，一个小小的袋子就够，我边想边生气，在这里，一个塑料袋得付钱，而在生态商场却是免费的。

138

  我把这个塑料袋,还有一样没有正式名称的东西放在传送带上。我是指收银台三角条,那个用来分隔不同顾客商品的木条,这儿是用红色的塑料做的,上面印着这个商场的标记。[1]我用它给收银员一个信号,我准备付钱买的东西的区域,到哪里为止。我此刻的犹豫,给这个拉界线的东西取个什么名字,与正向我袭来的几近压抑的情形很契合,此刻我正要把它转给我身后的这个顾客,一个男人,至此我一点也没注意到他,对,根本就没注意,正如我之于前面的这个女人。也许更好的是,我们所有人都能一起买一起吃,这样一个愿望,也许就是洞穴返祖现象吧。如果那样,我更喜欢切分一头巨大的共同射杀的猛犸,庆祝一场大型宴会,而不是像现在小里小气地放上一根货品分隔条。

1 在别的地方是用铝或木头做的,但常常被用得很旧,因为它像接力棒从顾客手里一个接一个传下去。我看见,上面有付费电视或飞机旅行的广告,后者是一个很容易想到的主意,因为在收银台前站着等待着的时候,谁不想飞走?

139

　　有时候我会觉得,似乎记得自己去打猎,长矛在握,走向热带草原。百万年的打猎和采集,八千年的农耕,九十年的超市。毫无疑问,我错乱了,其实一切都还是变得很快的。

140

在收银台走道上方斜挂着一面镜子,女收银员能观察到,我是不是企图推着什么东西穿过她坐的位子障碍物下的死角。那上面,在烘焙部和出口不远处,近来还挂着一块大的平板屏幕,可以看一些广告,还有一些易拉宝式的广告,是周围的店铺的,一个洗染店,一个时装店,一个旅行社,一个我还从没进去过的披萨店,它们宣传着自己。笨拙的是,不是大制作,让人想起褪色的幻灯片,早先在小电影院奢华的香烟和饮料公司广告出现前放的小广告,背景是竭力煽情促人信任的声音,是拐角的那个希腊人,为一个眼镜店或桑拿做的广告。[1]

---

[1] 在另一个超市的新鲜烘焙食品的区域,我看到三个屏幕,一直播放着厨艺节目。一台是草莓铺在蛋糕上,二台揉着面团,三台在播放着烤箱烘烤的过程。它一直播放着,直至我觉得,这是这家

烘焙柜台的直播,让人确信他们的制作是多么多样、多么干净。都是自家现做的,这就是证明。多美,我想,可为什么蛋糕店把草莓从盒子里拿出来,带着叶子切果肉,直接放上蛋糕呢?之前不用洗吗?

141

有一回我舌尖上又出现了鱼条渣渣的味道,一块碎屑粘在我的上颚上,尽管我知道,这是不可能的。我没吃过鱼条,很久没吃过了。对我来说,是怎样的一种特殊感情,好像多年前把我从家里打发出来,去买牛奶或其他的一些东西,我记不清什么了,好像至今也没想起来。显然,我是在森林或是新造城区里走丢了,跑偏了路,因为鸟儿把我撒的碎渣渣和面包屑叼走了。或许是一辆扫地车开过,扫走了所有的东西。

142

穿夏裙的女人，我又想起来了，她的长脖子多漂亮，她把她的东西整理回她的购物车。可惜我们没有选择同样的东西，她还不是梦中之人，某一日我们相遇，如我不久前所希望的那样。这两个姑娘，我在杂志边瞥到的，之前排在另一个队的，窃笑着走过，其中一个把口香糖吹起泡泡，破了，一点白色的口香糖粘在了她的鼻尖上。我前面的这个女人，打开她的钱包，抽出一张纸币，找着零钱，想让收银员找钱时方便一点儿。为了找零钱，她等着，我这会儿看清楚了，没有外罩了，收银员把硬币放在扫描器旁的传送带上，有时她们也直接拿在手上。也没有小零钱箱了，从那里面收银员拿出硬币，听上去像烤花生米，我是说，那种有硬硬的、红棕色的糖衣的花生米从自动机里落下的声音。[1] 这种有意在孩子眼睛高度的自动机，我不往里面扔一个硬币，就无法走过，我转动它的摇杆，看着硬币消失，把手伸到后面的开口，等着裹了糖衣的花生米或是口香糖球滚出来。

1　在短途公交车上,还有这样的零钱柜:司机,没法用钱包,只要按按键,想要的硬币就会滚到一个碗里。这碗一直是一种黑色的、不会碎的胶木制成,否则会油油亮亮的,总是有很多只手在那里抓进抓出——像老教堂里用了上百年的石头做的圣水盆。

143

我们打了招呼,我最喜欢的收银员,终于开始扫描我的东西了。她在扫描屏前晃动着标签上带牧场小屋的墨西哥蜂蜜、牛奶和苹果袋子,重复着她的手势,谁知道她一天要重复多少次,又添了几次。她做完的时候问我是否有顾客卡。她总是问我是不是有卡,我总是摇头。[1]我递给她我的银行卡,她马上在键盘边上的一个细细的槽划了一下。显示屏上立刻显示一个非现金支付字样,随即从机器里打出了两张单据,她把它和一支笔一起放在有机玻璃板上。有一张我得签字,她给我看,这是她的一个自然动作,带点的虚线,另一张是我的纪念品,允许我带走。如果我不把它留在这里或把它扔掉,也许我几年之后会看到,回想起来这个下午,我是在超市。然后那个收银员,比对着我的签字和银行卡背面的签字,她必须这么做的,整理着单据,又笑了笑,说,谢谢,再见。

1　我担心,没多久这儿只会是一个没有收银员的收银台。或者我要自己扫描买的东西,去称重检查,或者可能所有的商品都安了条形码,我推着我的购物车就这样通过付款区即可。我会想念收银台的女人们。

144

烘焙柜飘来新烤面包的香气。这种香气一直让我很疑惑，因为有人告诉我，这是用中国人头发中提取的叫半胱氨基酸的氨基酸产生的。自从我知道，这是一种用得很普遍的食品添加剂，可以防止面粉结块，不是从人的头发中提取的，我闻着烤的东西，是事先做的面团里的，我就又喜欢闻这气味了。我拉过购物车，把它推到墙边，墙上挂着供需留言条，空白表格放在板下的一个有机玻璃的盒子里。一张儿童床、两台电脑出售，一只猫走失，提供唱歌课、课后辅导、照看儿童服务。一个年轻的法国人，要找幼儿看护，把一张照片复印在纸条上，在另一张纸上，我看到写着艾莉带着卢卡。我把买的东西装进袋子里，但把苹果袋捧在手里，推着空车，走过一堆摞在平板上、塑料袋装的花土，走过特卖的自行车摊，回到一辆扣着一辆的购物车旁，扣住它，拿出硬币，放进在我裤兜里叮当作响的零钱里。然后通过眼前打开的玻璃移动门,离开超市,走到户外。

柏林,2003年11月至2009年4月